E-Z DICKENS SUPERSANKARI KIRJA KOLME:
PUNAINEN HUONE

Cathy McGough

Stratford Living Publishing

Sisällysluettelo

Niille, jotka uskovat...

"Sankari on tavallinen ihminen, joka löytää voimaa sinnikkääseen ja kestävyyteen ylivoimaisista esteistä huolimatta."

Christopher Reeve

PROLOGI

Kaksi vuotta oli kulunut, ja nyt oli joulukuun ensimmäinen päivä, E-Z:n viidestoista syntymäpäivä. Vaikka ulkona oli jäätävän kylmä ja lumihiutaleet pörräsivät ympärillä, E-Z ja hänen perheensä ja ystävänsä pitivät itsepintaisesti juhlat ulkona, jossa heillä oli nuotio lämmittämässä ja grillaamassa.

Nyt kun Samantha ja Sam olivat menneet naimisiin, Dickensin kotitalous oli entistäkin kiireisempi. Ystävien vierailuilla ei ollut koskaan tylsää.

Samin ja Samanthan häät olivat olleet pieni seremonia, joka pidettiin maistraatissa. Lia oli ollut morsiusneito, E-Z bestman, ja Alfred-trumpettijoutsen oli sormuskantaja.

Lia oli pilkannut Alfredia, koska hän oli pukeutunut laivastonsiniseen rusettisolmioon eikä mihinkään muuhun. Alfred ei ollut hermostunut tästä huomiosta, sillä hän tiesi olevansa hyvässä seurassa muiden, kuten Britannian entisten pääministerien, kanssa.

"Jos suuren Winston Churchillin mielestä rusetti kelpasi hänelle, se kelpaa minullekin!" Hän sanoi: "Jos suuri Winston Churchill ajatteli, että rusetti kelpaa hänelle, se kelpaa minulle!" Alfred sanoi.

"Hän myös poltti isoa sikaria!" E-Z sanoi. "Toivottavasti sinä et ala polttaa sellaista myös."

Lia naurahti.

"Pihvit ovat valmiit!" Sam huusi. "Jos pidät niistä raakana, tule hakemaan ne nyt."

Vain Samantha tuli esiin lautasensa valmiina. "Poikasi kaipaa tänään raakapihvejä", hän sanoi ja taputti vatsaansa.

"Mitä poikani haluaa, sitä hän saa", Sam sanoi ja nosti pihvin vaimonsa lautaselle. Hän tökkäsi keskelle, kun hänen miehensä lisäsi sen viereen uuniperunan ja muutaman parsasuikaleen.

Samantha mässäili parsaa mennessään piknikpöydän ääreen. Hän oli suunnitellut E-Z:n syntymäpäivän tarkkaan ja käyttänyt paljon aikaa itse pöydän koristeluun Happy Birthday -aiheisilla esineillä. Hän istuutui alas ja leikkasi uuniperunan kahtia ja lisäsi siihen smetanaa, ruohosipulia, voita ja muutaman ripauksen suolaa.

E-Z, Lia, Alfred, PJ ja Arden jäivät paikalleen, koska nuotiopaikan lähellä oli useimmiten lämpimämpää. Sam-setä ei pitänyt siitä, että ihmiset leijuivat hänen grillin ääressä, joten he pysyivät poissa hänen tieltään. Sitä paitsi he kaikki pitivät hyvin tehdyistä paaluistaan, ja se antoi heille myös tilaisuuden jutella omissa oloissaan ja vaihtaa kuulumisia.

"Mitä mieltä olet supersankarisivustostamme?" E-Z kysyi.

PJ ja Arden katsoivat toisiaan ja kohauttivat sitten olkapäitään.

"Tulkaa", E-Z sanoi. "Mitä te oikeasti ajattelette siitä? Tiedän, että olette vilkaisseet sivustoa, koska Sam-setä auttoi minua katsomaan tietoja. Minulla ei ollut aavistustakaan, että voisimme saada selville niin paljon tietoa, kuten sen, ketkä vierailevat sivustollamme, kuinka kauan he viipyvät ja mitä he katsovat. Ja tunnistin IP-osoitteenne. Kertokaa siis, mitä mieltä olette siitä?"

"Koko totuus? Ei mitään esteitä?" PJ tiedusteli.

"Raaka totuus?" Arden lisäsi.

"Kyllä", E-Z kehui. Hän laski äänensä kuiskaukseen. "Setä Samuli teki erinomaista työtä. Silti emme kohdistu oikeaan yleisöön, sillä emme saa juuri lainkaan liikennettä. Teidän kahden ja Ranskassa sijaitsevan IP-osoitteen lisäksi emme ole saaneet juuri yhtään osumaa.

"Muutamat ihmiset, kuten te, ovat käyneet katsomassa sivustoa muutaman kerran, mutta he eivät viivy siellä pitkään. Setä Sam ehdotti, että ehkä meidän pitäisi aloittaa uutiskirje, saada ihmiset rekisteröitymään ja lähettää heille päivityksiä, mutta en tiedä. Kaikki tekevät nykyään uutiskirjeitä, ja se tuntuu työläältä. Setä Samuli näytti minulle, että hän on ilmoittautunut noin viiteenkymmeneen niistä!

"Mitä tulee avunpyyntöihin - mikä on koko syy, miksi perustimme verkkosivuston - tähän mennessä meitä on pyydetty tekemään vain asioita, joita paikalliset viranomaiset, kuten poliisi ja palokunta, hoitavat. En pidä ajatuksesta, että me ryntäämme pelastamaan kissan puusta ja palokunta ilmestyy paikalle täydessä varustuksessa tekemään samaa työtä. Se on tehotonta heille ja meille. Ja on noloa, kun he tulevat paikalle juuri kun olemme lopettamassa. Heidän aikansa on arvokasta - he pelastavat ihmishenkiä joka päivä. Se tuntuu epäkunnioittavalta, jos ymmärrätte mitä tarkoitan. He pelastavat ihmishenkiä ja päivystävät vuorokauden ympäri.

"Mielestäni meidän on pyydettävä, että olemme poissa heidän alueeltaan, jotta emme tuhlaa heidän aikaansa tai tee heidän työstään vaikeampaa kuin se jo on. Anteeksi, että puhun näin pitkäveteisesti, mutta kun ajattelen kaikkea sitä, mitä he tekivät vanhempieni onnettomuuden jälkeen..."

PJ ja Arden kumartuivat lähelle ja kuiskasivat. He eivät halunneet loukata Samin tunteita - hehän eivät olleet asiantuntijoita - tai ottaa sitä riskiä, että hän voisi kuulla heidät ja polttaa heidän pihvinsä rapeiksi.

"Äh, me ymmärrämme täysin, mitä tarkoitat", PJ sanoi. "Sitä paitsi poliisi ja palomiehet ovat välttämättömiä palveluja, ja heille maksetaan siitä, että he pelastavat ihmisiä. Te taas olette vapaaehtoisia."

"Niinpä heidän verkkosivunsa ja läsnäolonsa sosiaalisessa mediassa on erilainen kuin teidän pitäisi olla", Arden sanoi. "Ja heillä on paljon henkilökuntaa monella tasolla ylläpitämässä ja pitämässä kaikkea ajan tasalla."

"Kun taas teidän sivustonne, tarvitsee jotain supersankarimaisempaa - jos se on edes sana - ja vähemmän yritysmäistä. Niin kuin legendat, ne, joiden jalanjäljissä kuljette. Katso joitakin heille perustettuja verkkosivustoja - ja he ovat fiktiivisiä hahmoja. Kuvittele, mitä voisimme tehdä, jos seuraisimme heidän esimerkkiä", Arden sanoi.

"Kuten mitä? Tiedän, että teillä on ideoita, joten kertokaa", E-Z sanoi.

"No, kuten olette ehkä tajunneetkin, teimme kahden kesken aivoriihiä. Ja kokosimme lavastussivuston - se ei ole elävä eikä ole ennen kuin sinä hyväksyt sen - siitä, millainen sivustosi voisi olla. Se on puhelimessani. Katso ja näe, mitä tarkoitamme, ja mieti mahdollisuuksia, sillä tämän teimme melko nopeasti." PJ painoi starttia. Kolmikko kumartui sisään.

Ruudulla oli ensin sanat: "Tervetuloa Kolmen supersankarin nettisivuille." Sitten se zoomasi E-Z:hen animaationa. Hän istui pyörätuolissaan, kuten voisi olettaa, yllään musta t-paita, siniset farkut ja juoksukengät.

E-Z taputti hiuksiaan, kun hän näki, kuinka pulloharjakalta näytti musta raita hänen vaaleiden hiustensa keskellä. Hän ei voinut koskaan tottua siihen.

"Mikä tuo on, paidassani, farkuissani ja kengissäni? Onko se logo? Ja miten sinä teit minusta sarjakuvan?"

"Kyllä, se on logo. Mielestämme enkelisiipi oli siisti ja sopiva", Arden sanoi.

"Käytimme sovellusta. tehdessämme sinusta sarjakuvan", PJ sanoi. "Teimme vähän editointia, käsivarsillesi. Toivottavasti emme menneet liian pitkälle."

E-Z's katsoi tarkemmin, kun animaatioversio itsestään ristisi kätensä. Nyt hänen melkoisen muhkeat kyynärvartensa kiinnittivät hänen huomionsa ja hänen poskensa punastuivat. Hän näytti pontevalta, poseeraajalta. Oliko hänen ystävänsä todella sitä mieltä, että hän näytti paremmalta näin? Hän säpsähti, kun E-Z:n näytölle ilmestyi siivet. Hän leijui ilmassa ja osoitti.

Tämä oli ensimmäinen esittely Lialle. Hän saapui myös animaatiomuodossa. Lia oli pukeutunut päästä varpaisiin violettiin haalariin, jossa oli tutu. Hänen vaaleat hiuksensa olivat tiukasti kiinni poninhännässä, ja hänen silmiensä päällä oli violetit aurinkolasit. Hän näytti terhakkaalta, ystävälliseltä ja söpöltä kävellessään ruudun poikki. Hän kääntyi ja pysähtyi kuin malli kiitotiellä ja poseerasi.

E-Z pilkkasi; hän ei voinut sille mitään.

"No, ainakaan minä en näytä poseeraajalta, jolla on tekolihakset!" hän sanoi.

E-Z ei kommentoinut.

Animoitu Lia ojensi kätensä eteenpäin, kämmenet kohti maata. Sitten, voila, hän käänsi ne ympäri. Hänen kämmenensä vasen silmä avautui, sitten oikea. Samanaikaisesti ne räpäyttivät silmiään. Lia piti asennon ja vihelteli sitten sormiensa läpi.

"Kunpa voisin tehdä todella noin!" hän sanoi yrittäen matkia animoitua versiota itsestään.

E-Z vihelsi.

"Näyttele", Lia sanoi ja kyynärpäätti Liaa.

Nyt ruudulle tuli Little Dorrit. Hän oli tyylikäs ja naisellinen ja valkoinen kuin lumi. Yksisarvinen lensi Lian luo, laskeutui ja pudotti päänsä, jotta pikkutyttö saattoi silittää sitä. Lia hyppäsi kyytiin, ja Pikku Dorrit lensi E-Z:n viereen. Ne leijuivat ja käänsivät sitten päänsä.

Tämä oli Alfredin merkki. Sarjakuvamuodossa sen kirkkaan oranssi nokka näytti kiiltävän valossa. Se oli suorassa ristiriidassa hänen karkkiomenanpunaisen rusettinsa kanssa. Kun hän käveli kohti Liaa ja E-Z:tä, hänen verkkojalkansa polkivat kuin imukupit.

"Minun jalkani eivät pidä tuollaista ääntä!" Alfred sanoi.

"Äh, kyllä ne kuulostavat", E-Z sanoi virnistäen, kun Alfred ruudulla levitti siipensä ja lensi kahden toverinsa viereen.

Kolme poseerasi. E-Z oli keskellä vastakkain, Lia vasemmalla ja Alfred oikealla. Sitten se tapahtui. Kolme - siis Lia ja E-Z nostivat peukalonsa ylös. Alfred puolestaan teki siivet ylöspäin -eleen.

"Tämä on noloa", E-Z kuiskasi Alfredille.

"Ihan totta!"

"Shhhh", Lia sanoi, kun ääni ruudulla alkoi kuulua. Se oli Ardenin ääni, mutta hänen äänensä oli matalampi. Hän kuulosti peliohjelman juontajalta.

"Jos tarvitset supersankaria... E-Z, Lia ja Alfred - jotka tunnetaan myös nimellä Kolme - ovat palveluksessasi vuorokauden ympäri, seitsemän päivää viikossa. Soita ***-***-**** tai lähetä viesti sosiaalisen median kautta.

Kun tarvitset jonkun auttamaan sinua... Soita Kolmelle. He ovat paikalla sinua varten... välittömästi. Voit luottaa heihin... koska he ovat parhaita, joita tulet näkemään. 24 tuntia vuorokaudessa, seitsemän päivää viikossa...tyytyväisyys taattu."

"Ja nyt suuri loppuhuipennus", Arden sanoi.

Kolmikko taittoi kätensä rintansa yli. Alfred taittoi siipensä.

"Äh, se ei ole mahdollista", Alfred sanoi.

"Shhhh", Lia sanoi.

Kumpikin työnsi leukansa eteenpäin yksi toisensa jälkeen Kolme poseerasi.

PJ painoi taukoa.

"Ottaen huomioon, mitä sanoit toimivaltuuksista, meidän on ehkä muutettava tätä kohtaa", hän sanoi. Hän painoi käynnistyspainiketta.

"Mikään työ ei ole meille liian suuri tai pieni!" E-Z:n äänen tietokoneistettu versio sanoi.

Sitten näytön keskellä oleva ympyrä kiersi ja kiersi, kuin wi-fi yrittäisi löytää signaalia. Nyt sana BAM! täytti ruudun. Sitten sana SOCKO!

He katsoivat, kun E-Z pelasti kissan, joka oli juuttunut korkealle puuhun.

"Voi veljet", hän sanoi.

Hänen animaatiohahmonsa ääni jatkui.

"Me olemme Kolme

Olemme täällä sinun takiasi!

Kissa jumissa puussa...

Me saamme sen alas puolestasi!"

E-Z:n näytettiin luovuttavan pelastetun kissan perheelle.

"Sitä ei koskaan tapahtunut", hän sanoi.

"Otimme hieman runollista vapaata kättä", Arden myönsi.

"Voimme korjata kaiken, mistä ette pidä", PJ sanoi.

Nyt ympyrä ilmestyi taas ruudulle, kiertäen ja kiertäen. Kun se pysähtyi, ruudulle ilmestyi sana BANG! Sitä seurasi sana ZIP!

Ruudulla animoitu E-Z pelasti matkustajia täynnä olevan lentokoneen. Kun hän laski koneen maahan, sadat kiitotiellä odottavat katsojat taputtivat.

"Nyt se vasta on hyvä juttu", hän sanoi.

"Shhh", Lia sanoi.

Ruudulla E-Z sanoi,

"Koska me olemme ystäviäsi!

Palvelumme ovat ilmaisia.

24/7

Koska me olemme Kolme!"

Ympyrä taas, kiertää ja kiertää. Sen jälkeen BINGO! Ja BAM!

Nyt vuoristoratapelastus oli luotu uudelleen animaatiomuodossa. Se oli erittäin hyvä. Niin tarkkaa, että he saattoivat haistaa karkkikukan ja karamellimaissin.

"Oh!" E-Z sanoi.

Lia taputti.

Alfred ravisteli kaulaansa puolelta toiselle, aivan kuin häneen olisi äskettäin suihkutettu hyvin kylmää vettä.

"Rakastan sitä!" Lia sanoi. "Ja kiitos, että otit mukaan lempivärini. Mistä tiesit?"

"Huomasin, että käytät sitä usein", PJ sanoi. Hänen poskensa punastuivat. "Olen niin iloinen, että pidät siitä."

"Mitä mieltä sinä olet, E-Z?" Arden kysyi.

Alfred vilkaisi E-Z:n suuntaan.

"Se oli öö", E-Z sanoi, "öö... hyvä yritys."

"Päivällinen on valmis, tulkaa hakemaan!" Sam huusi.

"Anna synttärisankarin mennä ensin", Samantha sanoi.

E-Z eteni pihan poikki Alfredin kanssa.

"Täydellisestä ajoituksesta puheen ollen", hän sanoi.

"Joo, nuo kaksi ovat edelleen tylsiä", Alfred vastasi.

"Mutta heidän sydämensä on oikeassa paikassa. Se on nokkela idea, vain vähän yliampuva meille."

"Hieman?" Alfred kiljui.

"Okei, paljon, mutta he yrittivät kyllä. Voimme pitää sen, mistä pidämme, ja hankkiutua eroon lopusta."

Kun kaikki olivat saaneet ruokansa, he istuivat piknikpöydän ääreen ja söivät. Taivas muuttui, ja kirkkaat tähdet täyttivät taivaan heidän ympärillään. He söivät tarpeekseen, sitten Samantha toi leipomansa syntymäpäiväkakun, ja kaikki lauloivat "Hyvää syntymäpäivää!".

"Puhe! Puhe!" Arden torui, ja pian kaikki yhtyivät siihen.

E-Z mietti muutaman sekunnin ajan.

"Kiitos, että teitte viidestoista syntymäpäivästäni erityisen. Haluaisin käyttää hetken muistellakseni äitiäni ja isääni ja jakaa kanssanne yhden syntymäpäivämuiston. Jos se sopii? Lupaan, etten rupea soppailemaan."

Kaikki nyökkäsivät.

Samantha, joka raskaudestaan lähtien oli aina ollut soopaa. Oli kyse sitten ilo- tai istumakyyneleistä, hän pyyhki yhden pois ennen kuin oli edes aloittanut. "Olen kunnossa", hän sanoi, kun Sam laittoi kätensä hänen ympärilleen.

"Se tapahtui viidennellä syntymäpäivälläni. En halunnut juhlia, ja pyysin sen sijaan mennä katsomaan elokuvaa. Sen sijaan, että olisimme katsoneet lehdestä, mitä näytettiin, päätimme vain rokata paikalle ja päättää, mitä katsomme paikan päällä. Joko he sanoivat, että minä sain valita, koska olin syntymäpäiväsankari."

Hän sulki silmänsä hetkeksi.

Hän oli taas siellä teatterissa. Siellä oli äiti, kerroksittain pukeutuneena parakkiin. Hänellä oli korvalaput päässään, ja hän hieroi käsiään yhteen niin kuin hän aina teki. Äiti käytti aina hanskoja ja valitti, että hänen sormensa palelivat.

Isällä oli polvipituinen sininen takki farkkujen päällä. Hän ei halunnut käyttää kaupunkiin hattua, koska se sotkisi hänen hiuksensa. Hänen käsissään ei ollut lapasia. Ne oli työnnetty takin taskuun avainten kanssa.

E-Z haisteli ilmaa. Hän pystyi haistamaan teatterin sisällä voisen popcornin tuoksun, joka odotti, että he menisivät sisään ja tilaisivat sitä.

He katselivat julisteita.

"Entä tuo?" hänen äitinsä sanoi.

"Ei, E-Z pitää enemmän tuosta?" hänen isänsä sanoi.

Hän avasi taas silmänsä.

Sen sijaan, että hän olisi ollut takapihalla perheensä ja ystäviensä kanssa, hän oli taas siilossa - taas. Hän ei ollut ollut palannut sinne sen jälkeen, kun arkkienkelit peruivat sopimuksensa.

"Hyvää syntymäpäivää!" ääni seinässä huudahti.

Hänen vieressään olevassa seinässä avautui paneeli, ja sieltä pulpahti ulos kuppikakku. Sen päällä luki: "Hyvää syntymäpäivää, E-Z." Keskellä oli yksi kynttilä, joka oli jo syttynyt.

"Nauti!" ääni sanoi pudottaen veitsen ja haarukan hänen vieressään olevalle pöydälle.

"Öh, kiitos", hän sanoi. "Miksi olen täällä?"

"Odotusaika on neljä minuuttia", ärsyttävä ääni sanoi. "Olkaa hyvä ja pysykää paikoillanne."

Ihan kuin hänellä olisi ollut mitään valinnanvaraa.

KAPPALE 1

SYNTYMÄPÄIVÄ KESKEYTYI

E-Z ei koskenut edessään istuvaan kuppikakkuun, vaikka se näytti ja tuoksui hyvältä. Hän ihmetteli, mitä hänen juhlissaan tapahtui. Ainakin hän tiesi, että kakkua ei saanut leikata ennen kuin hän puhalsi kynttilät ja esitti toiveen. Jotain syntymäpäiväjuhlia kotona, kun hän ei ollut edes paikalla!

"Viekää minut pois täältä!" hän huusi. "Jään paitsi omista viidestoista syntymäpäiväjuhlistani, ja olin juuri kertomassa tarinaa."

Siilon katto haukotteli auki ja Eriel syöksyi häntä kohti kuin salama myrskyssä.

"Mukava nähdä sinua taas, entinen suojattini", hän sanoi.

"Tunne ei ole molemminpuolinen. Miksi minä olen täällä? Luulin, että olin lopettanut teidän kaikkien kanssa, ja nyt on syntymäpäiväni - minun on palattava asiaan."

"Niin, pyydän anteeksi ajoitusta - mutta emme voineet jättää syntymäpäivääsi väliin toivottamatta sinulle edes hyvää syntymäpäivää." "Niin, pyydän anteeksi ajoitusta - mutta emme voineet jättää syntymäpäivääsi väliin toivottamatta sinulle hyvää syntymäpäivää."

"Uh, kiitos, luulisin."

"Ja kun kerran olet täällä, mikset ottaisi osaa syntymäpäiväkakkuusi? Äläkä unohda toivoa - tarvitset kaiken mahdollisen avun!" arkkienkeli sanoi naurahtaen.

E-Z:n vieressä avautui ikkuna, ja mekaaninen käsivarsi tuli ulos sytytettyä tulitikkua kantaen. Se sytytti kynttilän sydänlankaa ja vetäytyi sitten takaisin seinään niin nopeasti, että tulitikku sammui itsestään.E-Z katsoi välkkyvää kynttilää. Hän ihmetteli, mitä tuo viimeinen kommentti tarkoitti, mutta arveli Erielin vain huijaavan häntä. Hänen aivonsa tyhjenivät. Hän ei keksinyt mitään toivottavaa. Muuten hän oli taas kotona ystäviensä ja perheensä kanssa juhlimassa syntymäpäiväänsä. Kun hän puhalsi kynttilän pois, Eriel puhkesi lauluun. Se oli riemukas laulu: "Sillä hän on iloinen kaveri, jota kukaan ei voi kiistää."

"Ei millään pahalla", E-Z sanoi, "mutta sinun on tarkoitus laulaa Hyvää syntymäpäivää."

"Ajatus ratkaisee", Eriel sanoi. "Nyt kun olemme saaneet vierailunne syntymäpäiväosuuden päätökseen, haluaisimme tietää, oletteko jo ratkaisseet arvoituksen?"

"Arvoituksen? Minkä arvoituksen?"

"Niin, ehdotimme, että yrität luoda yhteyksiä - menneissä kokeissasi. Muistatko, kun sanoimme, ettemme halua syöttää sinua lusikalla? Onnistuitko siinä?"

"Voi, se ei tuntunut ensisijaiselta tai arvoitukselliselta tehtävältä, varsinkin kun te peruitte tarjouksenne. Mutta kyllä, kirjoitin muistikirjaani, kirjasin ylös asioita, joita olemme tähän mennessä saaneet aikaan, ja huomasin pari yhteyttä pelaamiseen, mutta ne olivat puhtaasti sattumanvaraisia."

"Sattumaa! Ei todellakaan. Tapahtumat liittyvät toisiinsa - sen näkee kuka tahansa!" Eriel sanoi pitäen äänensä matalana, jotta hän ei menettäisi malttiaan.

"Äh, anteeksi, mutta sattumia sattuu koko ajan. Tiedätkö, kuinka monet lapset pelaavat tietokonepelejä? Tein netistä haun. Vuodesta 2011 lähtien siinä sanottiin, että yhdeksänkymmentäyksi prosenttia kahden ja seitsemäntoista vuoden ikäisistä lapsista pelaa joka ikinen päivä. Se on noin kuusikymmentäneljä miljoonaa lasta maailmanlaajuisesti."

"Ah, olet siis nollannut asian. Se on hyvä. Saitko mitään muuta selville siitä? Tai onko sinulla mitään huolenaiheita? Onko mitään syytä, miksi sinun pitäisi tehdä lisää tutkimusta - tutkimus on hyvä asia. Aloitteellisuus on hyvin, hyvin, hyvä."

"Ei. Olen aika kiireinen, muiden asioiden kanssa - koulun ja sen sellaista. Sitä paitsi, jos haluat minun jatkavan asian tutkimista - ensin sinun on vakuutettava minut siitä, että se on jotain muuta kuin sattumaa. Tarkistin kyllä vielä muutamia tilastoja. Esimerkiksi tyttöpelaajia on enemmän kuin koskaan aiemmin. Monet ovat perustaneet yrityksiä YouTubeen ja ansaitsevat elantonsa. Ei tietenkään lapsia, mutta netistä lukemieni tilastojen mukaan vuodesta 2019 lähtien 46 prosenttia pelaajista on tyttöjä."

Eriel napautti pitkää ja luisevaa sormeaan leukaansa, aivan kuin hän olisi pohtinut, mitä E-Z oli kertonut hänelle. "Ah, taas olen vaikuttunut. Eivätkö nuo tilastot ole sinusta huolestuttavia?"

"Öh, en pidä." Hän hengitti syvään menettäen kärsivällisyytensä syntymäpäivänsä myöhästymiseen. "Onko tärkeää, että teemme tämän tänään? Etkö voi tuoda minua tänne joku toinen kerta? Mikään, mistä puhumme, ei kuulosta kriittiseltä."

Eriel lopetti naputtelun ja hänen oikea kulmakarvansa kohosi. Hän tuijotti synttärisankaria.

"Vai onko?" E-Z tiedusteli.

Eriel odotti ennen kuin vastasi. Hän kietoi kieltään sanojen ympärille, aivan kuin hänellä olisi ollut vaikeuksia saada niitä ulos. Hän korotti äänensä sopraanoksi ja sanoi: "An-y-thin-g el-se a-bou-t tho-se t-wo in-ci-de-nts?". An-y-thin-g to ca-use a-l-a-rm? Että saisit f-iren sun alta?"

E-Z toivoi, että Eriel sanoisi sen suoraan ja menisi asiaan. Hän ei halunnut nolata itseään toteamalla itsestäänselvyyksiä tai olemalla väärässä.

"Raphael oli oikeassa, olet aika paksukainen."

"Hei!" E-Z huusi. "Jos tarvitset apuani, menet hankkimaan sitä hyvin oudolla tavalla." Hän ajoi sormensa kuppikakun kuorrutteen läpi ja imi sormeaan. Se maistui hyvältä, kuin hattaralta. "Tappaminen. Yksi yritti tappaa minut, ja toinen tappoi ihmisiä kaupassa. Molemmat sanoivat, että heidän motiivinsa liittyivät peliin."

"Napakymppi", Eriel sanoi.

"Ja?"

"Unohda se!" Eriel katosi katon läpi ja lauloi: "Paksu kuin tiili, paksu kuin tiili, paksu kuin tiili, paksu kuin tiili."

E-Z nosti nyrkkinsä ilmaan. "Tule takaisin tänne ja sano se päin naamaa!"

Erielin nauru kajahti ja kimposi seinistä.

PFFT.

"Äh, kiitos", E-Z sanoi, sitten hän huomasi olevansa taas kotona, omissa juhlissaan. Kaikki olivat kiireisiä, pelasivat pelejä, tekivät omia juttujaan - aivan kuin hän ei olisi ollut siellä ollenkaan - mitä hän ei ollut ollutkaan.

Hän katseli, kun Sam otti vuoronsa tikapallossa. Hän ei ollut erityisen hyvä siinä, mutta E-Z meni kuitenkin katsomaan hänen toista yritystään. Kun hän oli lopettanut heittonsa ja mennyt täysin ohi maalista, hän meni veljenpoikansa viereen.

"Näen, että yrität yhä saada pelistä kiinni", E-Z sanoi.

"Kyllä, se on hankittu taito. Minne muuten menit?"

"Eriel halusi muun muassa toivottaa minulle hyvää syntymäpäivää."

"Öh, se oli ystävällistä häneltä. Eikö ollutkin?"

"No, tunnet Erielin. Hän ei koskaan tee mitään ilman motiivia. Tässä tapauksessa hän halusi minun tekevän yhteyden, joka perustuu muistoon."

"Muistiin mistä? Vanhemmistasi? Onnettomuudesta?":

"Ei, hän halusi minun yhdistävän kaksi oikeudenkäynnin yllyttäjää. Jonka muuten tein. Sitten hän lähti sanomalla, että olen paksu kuin tiili."

"Kuinka töykeää!" Lia huudahti. Hän oli kuunnellut, koska pallonheittopeli oli tylsistyttänyt hänet tylsäksi.

"Ja vieläpä syntymäpäivänäsi", Alfred sanoi. Hän oli vielä toivottomampi kuin Sam, sillä hänen täytyi heittää palloja nokkansa avulla.

"Haluatko kokeilla?" PJ kysyi ja ojensi pallon E-Z:lle, joka siirsi tuolinsa maalin eteen ja heitti palloa. Se osui ylempään korokkeeseen, pyörähti muutaman kerran ympäri ja laskeutui palkkioasentoon.

"Näin se tehdään!" Sam sanoi.

"PJ ja minä olemme heittäneet tuollaisia heittoja koko pelin ajan", Arden sanoi.

"Ah, mutta sinä et ole veljenpoikani", Sam vastasi.

Juhlat jatkuivat, kunnes oli liian pimeää pelata enää pelejä, ja kaikki päättivät olla laulamatta. PJ ja Arden lähtivät kotiin, kun E-Z ja muu jengi menivät nukkumaan.

KAPPALE 2

TROUBLE

Kaksi päivää E-Z:n syntymäpäiväjuhlien jälkeen PJ ja Arden joutuivat vaikeuksiin.

Se oli Lia, jolla oli näky, että jokin oli vialla. Hän muisteli näkyä Alfredille ja E-Z:lle: "Se oli kuin he olisivat olleet transsissa. Ja he molemmat istuivat työpöydissään ja tuijottivat tyhjiä tietokoneruutuja."

"Siinä ei ole mitään epätavallista", E-Z sanoi. "He pelaavat usein pelejä yhdessä, ja ehkä he olivat unessa."

"Silmät auki?"

"Okei, mennään tuonne", E-Z sanoi.

"Nyt on keskellä yötä!" Alfred huudahti.

"Silti meidän on parasta tarkistaa se."

Kolmikko hiipi ulos talosta ja päätti mennä ensin PJ:n luo, koska hänen talonsa oli lähimpänä.

"En usko, että hänen vanhempansa arvostavat näin myöhäistä vierailua", Alfred sanoi.

"He ymmärtävät kyllä", Lia sanoi soittaessaan ovikelloa.

Hetkeä myöhemmin hyvin unelias, silmiään hierova mies heitti oven auki pyjamassaan - PJ:n isä.

"Kuka siellä on?" äiti huusi sisältä.

"PJ:n ystävät", isä sanoi. "Onko jokin hätänä?"

"Äh", E-Z sanoi, "Anteeksi, että häiritsen, mutta meidän on todella tavattava PJ. Asia on kiireellinen."

"Tulkaa sitten sisään", PJ:n isä sanoi.

KAPPALE 3

ENNEN

Aiemmin illalla PJ ja Arden olivat työskennelleet supersankarisivuston parissa. He olivat päivittäneet tietoja ja lisänneet muutamia uusia elementtejä.

Aikaisemmin, kun apua pyydettiin, lähetettiin sähköpostia postilaatikkoon. Seuraavalla kerralla kun joku kirjautui sisään, hän näki sen ja vastasi sen mukaisesti. Uudessa järjestelmässä E-Z, Arden ja PJ saivat tekstiviestit välittömästi.

Tämän lisäksi pyyntöä pyytänyt henkilö saisi aikaleimalla varustetun automaattisen vastauksen. PJ ja Arden olivat varmoja, että tämä automaattinen päivitys lisäisi luottamusta ja toisi sivustolle lisää liikennettä.

PJ ja Arden perustivat myös YouTube-kanavan ja podcastin. Tämä oli jotain uutta, jonka he olivat keksineet aivoriihessä. He olivat innoissaan kertoessaan siitä E-Z:lle. Se olisi erinomainen tapa lisätä The Three'n verkkoläsnäoloa. He loivat myös yhteisöpaneelin avointa keskustelua varten.

Järjestelmä myös luokitteli saapuvat viestit. Esimerkiksi kissan pelastaminen puusta. The Three oli saanut useita pyyntöjä tästä palvelusta. Koska paikallisilla virkamiehillä oli paremmat valmiudet vastata tällaisiin puheluihin, PJ ja Arden tekivät siitä Code Blue -koodin.

Sininen koodi tarkoitti, että kun E-Z saapui paikalle pelastamaan kissaa, se oli jo pelastettu. Sininen koodi tarkoitti, että hänen pitäisi odottaa, jotta hän näkisi, oliko tilanne ratkaistu, ennen kuin hän lähtee liikkeelle.

Keltainen koodi saattoi tarkoittaa, että joku unohti avaimensa tai lukitsi ne autoonsa. Kun E-Z saapui paikalle, tilanne oli jo hoidettu. Jälleen kerran neuvottiin odottamaan ja tarkistamaan, ennen kuin lähdetään liikkeelle.

Luokittelemalla siniset ja keltaiset koodit E-Z ja hänen tiiminsä pystyivät keskittymään tärkeämpiin puheluihin eli punaisiin koodeihin.

Punainen koodi oli silloin, kun ihmishenkiä tai raajoja oli vaarassa. Verkkosivuston perustamisen jälkeen kolmikko ei ollut saanut yhtään pyyntöä tässä kategoriassa.

Tyytyväisinä siihen, miten paljon he olivat saaneet aikaan, he päättivät päästää höyryjä ulos. He liittyivät moninpeliin.

"Kolme tyttöä", PJ kirjoitti Ardenille.

"Voimme voittaa heidät!" Arden vastasi.

Peli alkoi, ja aluksi kaikki sujui kuten aina. He pieksivät tyttöjä, nousivat taso toisensa jälkeen ja tappoivat kaiken näköpiiriinsä. Sitten yhtäkkiä kaikki pysähtyi.

KAPPALE 4

PJ'S PLACE

Nyt Kolme ja PJ:n vanhemmat kulkivat käytävää pitkin hänen huoneeseensa. Se, mitä he näkivät, oli enimmäkseen sellaista kuin Lia oli kuvitellut. Erona oli se, että tietokoneen näyttö oli edelleen päällä. Se vilkkui ja välkkyi, kun PJ näytti nukkuvan syvään.

"Mikä häntä vaivaa?" PJ:n äiti tiedusteli. "Hänen pitäisi olla sängyssä nukkumassa. Katso hänen asentoaan. Hän on luultavasti kuivunut. Haen hänelle lasillisen vettä."

PJ:n isä siirtyi huoneen toiselle puolelle ja ravisteli poikansa hartioita. Hän odotti poikansa heräävän, mutta niin ei käynyt. Sen sijaan hän liukui alas tuolissaan ja olisi pudonnut lattialle, ellei isä olisi saanut häntä kiinni. Hän kantoi poikansa ja pani hänet sängylle.

PJ:n äiti palasi, laittoi veden sivupöydälle ja painoi sitten huulensa poikansa otsaa vasten. "Ei kuumetta", hän sanoi.

PJ:n isä nosti poikansa oikeaa silmäluomea ja näki, että vain silmänvalkuaiset olivat näkyvissä. "Soita hätänumeroon", hän huudahti.

"Ei, minusta meidän pitäisi soittaa perhelääkärillemme, tohtori Flanelliin", PJ:n äiti sanoi. "Hän on käynyt täällä ennenkin kotikäynnillä. Kun on ollut hätätapaus - ja tämä on ehdottomasti hätätapaus."

"Rouva Kädensija", E-Z sanoi, "hän tulee kuntoon."

"Tietenkin hän selviää", nainen vastasi, kun herra Handle lähti huoneesta soittamaan tohtori Flannelille."

Kun hän palasi, he kaikki odottivat yhdessä hiljaa ja katselivat PJ:tä, kun hän nukkui. Aivan kuin he olisivat odottaneet, että hän hyppäisi ylös ja alkaisi pelleillä. Olisi aivan hänen tapaistaan leikkiä. Huijaisi heitä.

Herra Kahva oli levoton ja pomputteli jalkaansa ylös ja alas istuessaan. Hän nousi seisomaan, siirtyi huoneen poikki ja kumartui katsomaan kiintolevyä. Hän nosti jalkaansa, aivan kuin aikoisi potkaista sitä, mutta muutti viime hetkellä mielensä ja veti johdon ulos pistorasiasta.

He katsoivat, kun herra Handle alkoi täristä koko kehossaan, kunnes hän pudotti pistokkeen. Hän kääntyi ja käveli heitä kohti. Hänen takanaan kovalevystä virtasi savua. Sekuntia myöhemmin monitorin näyttö halkeili.

"Nappaa sammutin!" Alfred huusi, mutta E-Z oli jo tarttunut vesilasiin ja heittänyt sen laatikon päälle. Se sihisi ja liittyi näyttöön molemmat täysin kuolleina.

PJ:n äiti juoksi miehensä luo ja auttoi tämän istumaan. "Lääkäri voi vilkaista sinuakin, kun hän saapuu", hän sanoi. "Olet niin onnekas. En kestäisi, jos te kaksi loukkaantuisitte."

"Olen kunnossa", herra Kahva sanoi.

Mutta Kolmen mielestä hän ei näyttänyt olevan kunnossa. Hän oli kalpea, vähän vihreä ja vähän harmaa.

"Älkää hössöttäkö", herra Handle sanoi. "Kiitos nopeasta ajattelusta, E-Z." Sitten vaimolleen: "Hyvä, että toit vettä."

"PJ suuttuu, kun näkee, että hänen tietokoneensa on pilalla."

"Ei, ei", herra Handle sanoi. "Hän ymmärtää kyllä."

Hän täytti selvästi paremmin, sillä Kolmikko huomasi, että hänen hengityksensä oli palannut normaaliksi, samoin kalpeus.

Koska kaikki näytti olevan kunnossa, E-Z mainitsi Ardenin. "Sillä välin kun odotatte lääkäriä, meidän on todella tarkistettava Arden. Uskomme, että hän saattaa olla samanlaisessa tilassa."

"He leikkivät usein yhdessä, mutta mikä ihme tämän olisi voinut aiheuttaa?" Herra Handle tiedusteli.

"En tiedä, mutta haittaako teitä, jos menen katsomaan Ardenia?"

"Mene vain", rouva Handle sanoi.

"Lia jää tänne kanssasi", E-Z sanoi. "Hän voi pitää meidät ajan tasalla, ja jos tarvitset meitä, tulemme heti takaisin."

"Kiitos, E-Z, ja Alfred", herra Handle sanoi saattaessaan heidät ulko-ovelle.

KAPPALE 5

ARDEN'S PLACE

E-Z ja Alfred lähtivät Ardenin luokse. Ennen kuin he ehtivät edes koputtaa, Ardenin isä herra Lester avasi oven.

"Mistä tiesit?" hän kysyi.

E-Z ei voinut kertoa hänelle totuutta. Sen sijaan hän improvisoi valheen. "Olen ollut Ardenin paras ystävä koko ikäni, joten tavallaan tiedän, kun jokin on pielessä. Voinko tavata hänet?"

"Toki, tule hänen huoneeseensa", Ardenin äiti rouva Lester sanoi. "Älkää pelästykö. Hän vain nukkuu. Hän toipuu kyllä aamulla."

Herra Lester tarttui vaimonsa käteen ja johdatti tämän käytävää pitkin sinne, missä Arden nukkui syvää unta.

"Voi", Alfred huudahti nähdessään hänet. "Hän näyttää olevan shokissa."

"Katso hänen silmäluomiensa alle", herra Lester sanoi.

E-Z veti ystävänsä silmäluomen taakse. PJ:n pupilli näkyi, mutta se oli isompi ja näytti siltä, että se voisi räjähtää silmäkuopasta milloin tahansa. Hän sulki silmäluomen sen päälle uudelleen.

Alfred huhuili. Sen Lesterit kuulivat. Hän sanoi: "Mikä ihme sen aiheuttaa?". Pelko? Vai jotain vakavampaa, kuten kouristuskohtaus?"

E-Z kohautti olkapäitään vastaamatta. Lesterit olivat jo tarpeeksi peloissaan ja stressaantuneita, ja lisäksi he vain arvailisivat.

"Mistä tarkalleen ottaen löysitte hänet?" E-Z kysyi.

"Hän istui tietokoneensa ääressä", rouva Lester sanoi.

"Oliko näyttö päällä?" hän kysyi.

"Kyllä oli", herra Lester sanoi. "Olemme soittaneet perhelääkärillemme. Hän on juuri nyt kiireinen, toisessa puhelussa, mutta hän soittaa meille takaisin."

"He soittivat jo PJ:n lääkäriin, tohtori Flanelliin. Soitan Lialle ja kysyn, onko hän jo tehnyt diagnoosin."

"Ne ovat melkein samat", hän sanoi.

"Miten niin melkein?"

Hän pyöräytti itsensä ulos huoneesta. Lestereitä ei tarvinnut huolestuttaa enempää kuin he jo huolestuivat. Hän kuiskasi puhelimeen: "Hänen pupillinsa näkyvät yhä, mutta ne ovat valtavat. Kuin haavaumat, jotka ovat puhkeamassa!"

"Ällöttävää!" Lia sanoi. "Ehkä hänen pitäisi mennä sairaalaan?" "He ovat soittaneet perhelääkärille, mutta hän ei ole tavoitettavissa. Ilmoita minulle heti, kun tohtori Flanelli antaa lausuntonsa, niin välitän sen eteenpäin. Kannattaa ehkä kertoa hänelle Ardenin silmästä ja kysyä, suosittelisiko hän välitöntä sairaalahoitoa."

"Selvä. Otan yhteyttä."

Hän selitti kaiken Lesterille. He tuijottivat eteenpäin, tyhjät kasvot. Hän oli huolissaan siitä, miten he suhtautuivat kaikkeen tähän.

"Haluaisiko joku kupin teetä?" Rouva Lester tiedusteli.

"Ei kiitos", E-Z sanoi. Rouva Lester oli yksi niistä äideistä, jotka uskoivat teen ratkaisevan useimmat ongelmat.

Herra Lester seurasi vaimoaan keittiöön.

"Ettekö te yleensä osallistu heidän leikkeihinsä?" Alfred tiedusteli nyt, kun hän ja E-Z olivat kahden Ardenin kanssa.

"Joskus", E-Z sanoi, "mutta viime aikoina, jos minulla on vapaa-aikaa, olen yleensä kirjoittanut. Minulla ei ole nykyään paljon omaa aikaa."

"Ymmärrettävää. Anteeksi, jos roikun liikaa."

"Ei se mitään. Minun on saatava enemmän järjestystä. Kouluhommat muuttuvat monimutkaisemmiksi, tiedät, että olemme matkalla kohti uraa ja valmistumista. Meidän halutaan tietävän, minne olemme menossa, emmekä vielä edes tiedä, missä olemme."

"Muistan nuo ajat, mutta kyllä sinä siitä selviät. Joka tapauksessa olen iloinen, ettet pelannut peliä heidän kanssaan - muuten olisit ehkä samassa tilassa kuin he."

"Totta. En voi kuvitella, mikä heitä niin paljon pelottaisi... jos niin kävi. Tarkoitan, että peli on peli - ei todellisuus. Sen on täytynyt olla aikamoinen kilpailu."

Lesterit palasivat poikansa huoneeseen.

"Mitä tapahtui?" Rouva Lester kiljui.

Ardenin silmäluomet olivat nyt auki ja paljastivat täysin valkoiset sisätilat. PJ:n tavoin hänen pupillinsa olivat kadonneet.

E-Z:llä oli déjà vu -tunne, kun herra Lester käveli huoneen poikki ja kumartui irrottamaan pistokkeen.

"Seis!" E-Z huusi. "Älä koske siihen!"

Herra Lester jähmettyi paikalleen.

"Herra Handle melkein sai sähköiskun, kun hän koski siihen. Parasta on jättää se rauhaan."

"Luojan kiitos, että olit täällä ja varoitit minua", herra Lester sanoi.

"Niin, kiitos E-Z. En pärjäisi, jos poikani ja mieheni loukkaantuisivat molemmat. En vain pystyisi." Hän ylitti huoneen ja kietoi kätensä miehensä ympärille.

"Sen jälkeen hänen tietokoneensa kaatui, näyttö halkeili ja siitä tuli savua", E-Z selitti. "PJ:n tietokone on siis kärähtänyt, paistunut - paahtoleipää. Kun taas Ardenin tietokone on yhä ehjä. Jos keksimme, miten pääsemme siihen käsiksi - turvallisesti - voimme ehkä selvittää, mitä heille tapahtui. Ensin minun on soitettava Setä Samille ja pyydettävä hänen apuaan. Hän on tekniikan tietotekniikkatyyppi, joten hän tietää, mitä tehdä."

"Odota", rouva Lester sanoi. "Väitätkö, että sekä PJ että Arden ovat samanlaisia?"

Hän nyökkäsi.

"Olen aina sanonut, että tietokoneet ovat pahoja!" hän sanoi. "Minun Ardenini on urheilija. Hänen olisi pitänyt olla ulkona urheilemassa, eikä istua tietokoneen ääressä tuhlaamassa aikaansa." Hän nyyhkytti miehensä rintaa vasten, ja mies piteli häntä.

"Tietokoneet ovat välttämättömiä koulussa", herra Lester. "Poikamme ei tehnyt mitään väärää, ja olen varma, että hän palaa pian takaisin entiselleen. Hän tarvitsee vähän lepoa. Vähän lepoa, siinä kaikki. Hän tulee kuntoon."

Alfred huhuili.

E-Z sai viestin puhelimeensa. "Lia sanoo, että tohtori Flannel käski heidän jättää PJ:n sinne, missä hän on. Hän sanoi, että hänen silmiensä pitäisi palautua normaaliksi itsestään. Hänen mukaansa PJ:llä ei näytä olevan mitään kipuja. Hänen sydämenlyöntinsä ja pulssinsa ovat normaalit. Hän tarvitsee lepoa."

"Kiitos", herra Lester sanoi.

"Kiitos, että tulitte käymään", rouva Lester sanoi. "Ilmoitamme teille, jos tapahtuu muutoksia."

E-Z ja Alfred lähtivät pitkän vierailun jälkeen ja tapasivat Lian, ja he kaikki kävelivät yhdessä kotiin.

"En voi olla miettimättä", E-Z sanoi, "onko tämä juttu PJ:n ja Ardenin kanssa tarkoitettu koetukseksi. Eriel vihjasi, että minun pitäisi olla huolissani jostain. Että minun pitäisi jopa haluta jatkaa sitä. Jos näin on, en ole varma, miten minun pitäisi korjata asia. Onko sinulla mitään ideoita? Muuta kuin saada Setä Samuli auttamaan meitä pääsemään Ardenin tietokoneelle - olen täysin hukassa."

"Se on outoa, jos se on kokeilu", Alfred sanoi. "Koska oikeudenkäynnit ovat menneisyyttä, eikö niin?"

"Niin ovat, mutta jos PJ ja Arden ovat loukkaantuneet, minulla ei ole muuta vaihtoehtoa kuin sekaantua asiaan. Vaikka arkkienkelit peruivat sopimuksemme."

"He molemmat vaikuttavat niin, poissaolevalta. Mitä he odottavat sinun tekevän? Eihän sinulla ole parantavia voimia tai mitään", Alfred sanoi.

"Mutta sinulla on!" Lia sanoi.

"Minulla on, mutta silloin kun niitä voi käyttää. Yritin kommunikoida heidän mielensä kanssa. Mutta se oli kuin ne olisivat olleet tyhjiä. En voinut tavoittaa niitä. Jotta voisin parantaa heidät, pitäisi olla jonkinlainen yhteys. Eikä minulla ollut mitään, mihin liittyä.

"Kysyn itseltäni, pitäisikö minun pyytää apua Arielilta. Hän on luonnon enkeli. Ehkä hän voi ehdottaa jotain tai tehdä jotain, mitä minä en voi."

"Se on lupaava ajatus", E-Z sanoi.

WHOOPEE

Ariel saapui.

"Mitä kuuluu?" hän kysyi.

Alfred selitti tilanteen.

E-Z kysyi, oliko tämä oikeudenkäynti, jonka arkkienkelit yrittivät livahtaa mukaan jälkikäteen.

"Oli miten oli, sinun on autettava ystäviäsi", hän sanoi. "Sinähän haluat auttaa heitä, etkö vain?"

"Totta kai haluan, mutta se, mitä minun on tehtävä, mihin toimiin minun on ryhdyttävä oikeudenkäynnissä, on yleensä selvempää."

"Enkö kuullut kuiskauksia siitä, ettet osaa tehdä aloitteita?" "Enkö kuullutkin kuiskauksia siitä, ettet osaa tehdä aloitteita?" Ariel tiedusteli.

"Vihjaatko sinä", E-Z tiedusteli pitäen äänensä matalana, jottei menettäisi malttiaan. "Että arkkienkelit ovat laittaneet ystäväni koomaan testatakseen aloitekykyäni?"

Ariel hymyili. "Ei, en vihjaa mitään sellaista. Mutta jos se olisi koetus, mitä tekisit auttaaksesi heitä?"

"Kun eteeni asetetaan koettelemus, aivoni käynnistyvät. Tiedän, mitä minun pitäisi tehdä asian korjaamiseksi, ja menen eteenpäin ja teen sen. Tässä tapauksessa minulla ei ole aavistustakaan, mitä tehdä asian korjaamiseksi. He ovat lääketieteellisessä vaarassa. En ole lääkäri."

Ariel risti kätensä. "Mitä sinä yrität, Alfred?"

"Yritin muodostaa yhteyden heidän molempien mieleen. Yleensä, jos pystyn parantamaan ihmisiä tai olentoja, on olemassa yhteys - sellainen, jota ulkoinen voima ei ole katkaissut. Molempien kohdalla se oli kuin ovi olisi lyöty kiinni, enkä voinut murtautua sen läpi."

"Olet siis vastannut omaan kysymykseesi", Ariel sanoi. "Voinko auttaa sinua vielä jossakin muussa?"

"Sinusta ei varsinaisesti ollut apua", Lia sanoi.

Alfred pyysi anteeksi.

WHOOPEE

Ja Ariel oli poissa.

"Sinun ei pitäisi puhua hänelle noin", Alfred sanoi. "Jos hän olisi voinut auttaa meitä, hän olisi auttanut."

"Olen pahoillani, mutta on turhauttavaa, kun he eivät tiedä yhtään enempää kuin me tiedämme. He ovat arkkienkeleitä! Heidän pitäisi tietää jotain, mitä me emme tiedä, muuten mitä järkeä heissä on?" Lia tiedusteli.

"Tarkoitatko, että Haniel pystyy aina ratkaisemaan minkä tahansa ongelman?"

Lia kohautti olkapäitään. "Minulla ei ole ollut montaakaan keskusteltavaa."

E-Z sanoi: "Eriel on hyödytön. Aina kun olen pyytänyt häneltä apua, hän on kieltäytynyt siitä. Kyllä, hän antoi neuvoja. Käski minun selvittää asian itse.

"Kuten silloin, kun hän kutsui minut viime kerralla, hän vihjasi jonkinlaisesta salaliitosta tai yhteydestä, kuten hän sitä kutsui.

"Kun arvasin, mitä se oli - leikkiä - että oli olemassa yhteys, hän oli edelleen hyödytön. Toivon, jos he sanoisivat sen. Niin tai näin, sitten voin keskittyä siihen, että saan kaksi ystävääni pois tästä tilanteesta."

"Ymmärrätkö, mitä tarkoitan?" Lia sanoi. "Kaikki arkkienkelit ovat täysin hyödyttömiä."

"Haniel auttoi sinua, kun satutit silmäsi", Alfred muistutti.

Lia käänsi hänelle selkänsä.

"Toivotaan, että lääkäri oli oikeassa ja että he molemmat ovat aamulla omia itseään", E-Z sanoi. "Muuta emme voi tehdä."

Kun he nyt saapuivat kotiin, he menivät takapihalle. He tervehtivät Pikku Dorritia, katselivat auringonnousua ja juttelivat seuraavasta askeleestaan.

E-Z kävi läpi muutamia asioita, jotka olivat vaivanneet häntä. Valkoisessa huoneessa häntä oli kannustettu yhdistämään pisteitä. Viimeksi Eriel auttoi häntä rajaamaan asiaa.

Hän kävi läpi kaiken, mitä tyttö kaupassa oli kertonut hänelle. Kuinka hän oli ottanut panttivankeja, kuten pelissä. Miten hänellä oli puku, joten hän näytti pelissä palkkionmetsästäjältä.

Seuraavaksi hän kävi läpi yksityiskohtia pojasta hänen talonsa ulkopuolella. Poika oli sanonut suoraan, että äänet pelissä olivat lähettäneet hänet tappamaan E-Z:n, ja jos hän ei tappaisi, hänen perheensä tapettaisiin.

Sitten hän ajatteli Erielin ja muiden arkkienkelien osallisuutta oikeudenkäynteihin. Nyt PJ ja Arden olivat mukana.

Vetäisivätkö arkkienkelit heidät mukaan saadakseen hänet kiinni? Oliko se hänen syytään - koska hän oli liian hidas ratkaisemaan arvoitusta, jonka he olivat antaneet hänelle? Arkkienkelit sanoivat, että he olivat lopettaneet hänen kanssaan. He olivat peruuttaneet kokeet, ja hän oli iloinen nähdessään heidät takanaan. Miksi he palasivat ja yrittivät luoda uuden yhteyden häneen? Se ei voinut olla sattumaa.

Hän avasi suunsa kertoakseen Alfredille ja Lialle, mitä hän ajatteli - sen sijaan hän laskeutui jälleen siiloon. Tällä kertaa säiliö ei vain ollut metallista vaan lasista, ja hän oli ilman tuoliaan.

KAPPALE 6

UPSIDE DOWN

E-Z riippui ylösalaisin lasikuplassa ja katseli maan vihreää, vihreää ruohoa. Hän oli korkealla sen yläpuolella, ja hänen päähänsä sattui niin paljon, että hän pelkäsi sen puhkeavan ja roiskuvan kaikkialle säiliöön. Mutta onneksi jokin piti häntä pystyssä. Mikä se oli, hän ei tiennyt.

Toisin kuin muulloin, kun hän oli ollut siilossa, häntä ei ollut kiinnitetty (tai hänen tuoliaan ei ollut kiinnitetty) paikalleen. Toinen asia, joka häntä huolestutti, kun hän roikkui näin ylösalaisin, oli se, ettei hän näkisi Erielin tulevan. Hän ei myöskään pystyisi haistamaan häntä.

Heti kun hän ajatteli Erieliä, astia siirtyi. Hän pelkäsi putoamista. Hän halusi tarttua johonkin, mutta siellä ei ollut mitään muuta kuin ilmaa, johon tarttua. Hän kietoi kätensä ympärilleen. Sitten hän tunsi liikettä. Lasikammio kääntyi myötäpäivään sata kahdeksankymmentä astetta. Hänen päänsä tuntui heti paremmalta, kirkkaammalta, ja hän kiinnitti huomionsa itsensä ulos. Mitä pikemmin, sen parempi.

Liian myöhäistä kuitenkin oli, sillä se siirtyi ja kääntyi vielä sata kahdeksankymmentä astetta. Hän palasi takaisin lähtöpisteeseen.

"Terve, Doody", Eriel huusi painaessaan kasvonsa lasia vasten. Sitten hän koputti ja lauloi: "Päästä minut sisään, päästä minut sisään."

"Päästäkää minut pois täältä!" E-Z huusi.

"Rauhoitu", Eriel huokaili. "Olet täällä sydämeni hyvyydestä. Halusin kertoa sinulle henkilökohtaisesti: ystäväsi ovat vaarassa."

"Tarkoitatko PJ:tä ja Ardenia?" Eriel nyökkäsi. "No, minä tiedän sen jo! Senkin suuri pelle!"

"Kepit ja kivet murtavat luuni, mutta nimet eivät voi koskaan satuttaa minua", Eriel lauloi.

"Jos et saa minua pois täältä - heti - niin teen sinulle enemmän kuin kepit ja kivet voivat tehdä!"

Eriel napautti luista sormeaan leukaansa vasten. Hän oli loppujen lopuksi yhä oikealla kyljellään, mikä oli etu siihen perspektiiviin nähden, jossa Eriel oli.

"Halusin sinun tietävän, että vaikka ystäväsi ovat vaarassa, sinun ei tarvitse olla huolissasi. He eivät ole supersankarivaarassa." Hän piti tauon. "Pikkulintu kertoi minulle, että luulet meidän yrittävän livahtaa toinen koe ohitsesi... no emme yritä. Jättäkää heidät kohtalon armoille."

"Miten niin he eivät ole supersankari-vaarassa?" "Miten niin he eivät ole supersankari-vaarassa?" E-Z huusi.

Eriel katosi ja lasiastia putosi. Hän huitaisi, vakautti itsensä. Se putosi taas. Tämä jatkui ja jatkui, kunnes hän oli varma, että hänen kallonsa halkeaisi pian kuin muna jalkakäytävälle.

Sitten hän näki Alfredin nurmikon reunalla napostelemassa ruohoa.

"Hei!" E-Z huusi. "HEI!"

Alfred lopetti syömisen ja käveli tänne. Hän katseli ystäväänsä, joka roikkui ylösalaisin lasikuplassa.

"Mitä sinä siellä teet?" trumpettijoutsen kysyi.

"Eriel!" E-Z huudahti.

"Riittää jo. Menen herättämään Samin. Toivottavasti hän tietää, mitä tehdä saadakseen sinut pois sieltä."

"Hyvä idea ja pyydä häntä tuomaan tuolini."

Odottaessaan E-Z kirosi itseään. Hän oli jättänyt käyttämättä tilaisuuden vaatia Erieliltä lisätietoja. Hän oli käyttäytynyt kuin uhri. Hän oli pettänyt kaksi parasta ystäväänsä.

Hän laati suunnitelman. Kun pääsen pois täältä, etsin Erielin ja pakotan hänet kertomaan, miten pelastan PJ:n ja Ardenin. Laitan hänet vannomaan, ettei hän enää ikinä laita minua tällaiseen tilanteeseen.

Hetkinen. Jos PJ ja Arden eivät olisi supersankarivaarassa, - Millaisessa vaarassa he olivat? Tarvitsivatko he edes pelastusta? Vai oliko tohtori Flanelli oikeassa sanoessaan, että he toipuisivat siitä ja palaisivat pian entiselleen?

Hän ei pitänyt "jätetään heidät kohtalon armoille" -lausunnosta. Hän uskoi, että me itse teemme kohtalomme, ja hänen kaksi ystäväänsä olivat koomassa. He eivät voineet auttaa itseään, joten hän aikoi auttaa heitä. Riippumatta siitä, mitä Eriel sanoi.

Lopulta Setä Samuli tuli esiin isoa työkalua kädessään heiluttaen. "Se on lasileikkuri", hän sanoi. "Tiesin, että siitä olisi jonain päivänä hyötyä, kun ostin sen yhdestä televisiossa esitetystä mainosohjelmasta. Ne sanoivat, että sillä voi leikata lasia kuin voita. Katsotaan, oliko se väärä mainonta." Hän leikkasi pohjan ympäri. Hitaasti. Varovasti.

"Hei, pidä kiirettä, minä tukehdun täällä! Jos aurinko nousee, minä kärähdän."

"Kärsivällisyyttä, rakas poika", Alfred huokaili.

"Melkein perillä", Sam sanoi. Hän oli polvillaan ja painui eteenpäin, kun leikkuri viilsi kontin pohjaa. Sillä välin hänen pyjamiensa polvet hörppivät kasteista nurmikkoa. "Oletan, että Erielillä oli jotain tekemistä sen kanssa, että olet siellä?"

"Kyllä."

Sam lopetti leikkaamisen ja vapautti veljenpoikansa, sitten auttoi hänet pyörätuoliin.

"Kiitos, Sam-setä."

"Eipä kestä. Selittäisitkö nyt, kiitos?"

"Olen liian väsynyt. Ja olen liian ärtynyt selittämään. Voimmeko tehdä tämän aamulla?"

Aurinko vuoti punaista verta työntyessään horisonttiin.

Muutaman tunnin kuluttua E-Z:n olisi tarkistettava, missä hänen ystävänsä ovat. Hän toivoi, että he olisivat kunnossa. Takaisin normaaliksi. Sitten hänen ei tarvitsisi miettiä asiaa enää hetkeäkään. Jos ei... jos he eivät olleet... No, joka tapauksessa kaikki olisi paremmin, kun hän saisi nukkua.

"Voin selittää hänelle kaiken", Alfred tarjoutui.

"Mitä sinä tiedät siitä? Minun piti huutaa sinulle, jotta sain huomiosi."

"Ai, minä näin koko jutun. Mitä luulet minun tehneen täällä? Odotin, että pyytäisit apua. En halunnut keskeyttää Eriel-aikaasi."

"Keskeyttää. Oikein hauskaa. Selvä, kerro hänelle. Menen nukkumaan. Olen liian väsynyt ajattelemaan enää." Hän pyöräytti itsensä ramppia pitkin taloon ja laskeutui sänkyyn täysin vaatteet päällä.

E-Z näki unta, että oli hänen seitsemäs syntymäpäivänsä. Hänen vanhempansa olivat vuokranneet virtuaalisen sisäpelipuiston. Hän oli kutsunut mukaan kaksitoista lasta, joten heitä oli kolmetoista, ja yhdessä joukkueessa piti olla ylimääräinen pelaaja. Koska oli hänen päivänsä, joukkueet kutsuttiin koolle, ja viimeisenä valittu pääsi hänen joukkueeseensa. He kutsuivat itseään Ball Breakersiksi. Toinen joukkue, jota johti Kyle Marshall, kutsui itseään Bat Shitziksi.

"Et voi käyttää tuota nimeä", E-Z:n joukkue moitti. "Se on käytännössä kirosana."

"Ah, ajattele uudestaan", Marshall sanoi. "Kirjoitusasu on Shitz. Meidät on nimetty koirani mukaan. Se on Shitz-hu."

"Leikitään", E-Z sanoi.

PJ ja Arden olivat E-Z:n joukkueessa. Tornadokolmikon joukkue potki Bat Shitzin joukkuetta perseelle, kunnes kaikki olivat liian väsyneitä liikkumaan.

"Ruoka on tarjoiltu", E-Z:n äiti huusi. Vanhemmat odottivat viereisessä ravintolassa. He olivat tilanneet liuta pizzoja, ämpäreittäin virvoitusjuomia ja lopulta kynttilöillä täytetyn kakun.

Lapset poistuivat pelialueelta yhdessä. Pian Arden tajusi, että hän oli jättänyt baseball-lippiksensä.

"En voi jättää sitä! Minun on mentävä takaisin!"

"Me tulemme mukaasi", E-Z sanoi. "Anna minun kertoa äidille."

"Kerron hänelle", lähellä ollut Kyle sanoi.

E-Z, PJ ja Arden peräntyivät. Kun he eivät löytäneet korkkia, he jatkoivat kävelyä.

"Sen täytyy olla täällä jossain!" Arden sanoi.

"En todellakaan uskonut sen olevan näin kaukana", E-Z sanoi.

"Nuo korppikotkat syövät kaiken pizzan ennen kuin pääsemme takaisin", PJ sanoi.

"Älä huoli, rouva Dickens säästää meille ruokaa. Hän tietää, ettemme viivy kauan."

Käytävä laajeni toiseen rakennukseen, toiseen paikkaan. Heidän edessään oli jättimäinen giljotiini. Yläosassa, terän yläpuolella oli Ardenin lakki. Itse terässä oli kyltti. Siitä tippui yhä punaista maalia tai verta. Siinä luki: "Pää menee tähän."

"Näemmekö me unta?" Arden kysyi. "Koska en todellakaan tarvitse baseball-lippistä niin kipeästi."

"Kuuntele. Ääniä", E-Z sanoi.

Kuiskauksia, hyvin hiljaa, mutta murinaa. Ensin se oli yksinäinen nainen. Sitten toinen liittyi mukaan, duetoksi. Sitten toinen liittyi trioksi. Kuiskaukset muuttuivat lauluksi.

"En saa selvää sanoista", PJ sanoi.

"Shhh", E-Z sanoi pitäen sormensa huulillaan.

Kun äänet lauloivat,

"B-link ja olet kuollut.

B-linkki ja olet kuollut.

B-link ja olet kuollut, B-link ja olet kuollut", Hyvää syntymäpäivää sinulle -kappaleen tahtiin.

"Tuo on karmivaa!" PJ sanoi.

"Mennään takaisin", Arden sanoi, kun ovi, josta he olivat tulleet sisään, pamahti kiinni ja askeleet kaikuivat käytävällä.

Askeleet voimistuivat.

KLANK. CLANK. CLANK.

Ketjupanssari. Lähestyvät. Saappaat jalassa. Yksi sotilas. Hyvin pitkä hahmo, huppu päässä. Kantoi jotain hopeista: veitsen teroitinta.

Kun hän saavutti giljotiinin jalan, huppupäinen hahmo veti taskustaan höyhenen. Hän painoi sen terää vasten. Se leikkasi sen läpi kuin voi. Silti hän jatkoi teroittamista. Teroittaessaan terää hän hyräili hengityksensä alla, aivan kuin nauttisi työstään.

"Aivan kuin giljotiinin terä ei olisi tarpeeksi terävä!" PJ kuiskasi. "Viekää minut pois täältä!"

Arden juoksi ovelle ja alkoi hakata sitä. "E-Z, sinun on saatava meidät pois täältä! Sinun täytyy auttaa meitä! Ole kiltti ja auta meitä!"

VIESTI LATAUTUU.

PJ:n ja Ardenin kasvot ilmestyivät ruudulle. He sanoivat kaksi sanaa:

"VAROITA HÄNTÄ."

E-Z heräsi kuullessaan Setä Samulin lyövän nyrkkejään makuuhuoneensa oveen. "Nouse ylös, E-Z, emme löydä Liaa!" "Nouse ylös, E-Z, emme löydä Liaa!"

Nyt kun hän oli hereillä, hän tajusi, että Lia oli ottanut yhteyttä yrittäessään saada häneen yhteyttä. Päivitystä varten. Hän tarkisti puhelimensa. Viesti, jossa oli päivitys.

"Kaikki hyvin", E-Z sanoi, "hän on PJ:n kanssa. Kerro Samanthalle, että hän on kunnossa. Minun on mentävä tapaamaan häntä ja Ardenia pian. Missä Alfred on?"

"Hän on puutarhassa", Sam sanoi. "Haluatko aamiaista ennen kuin lähdet?"

"Grillattu juustovoileipä maistuisi. Kiitos."

Kun E-Z pukeutui, hän ajatteli untaan. Pojat puhuivat hänelle yhteisen tapahtuman kautta, jonka he olivat jakaneet ollessaan seitsemänvuotiaita. Hänen oli saatava selville, mistä oli kyse. Varoittaa heitä? Lämmittää ketä tarkalleen ottaen? Tämä oli selvä vihje, mutta ketä he tarkalleen ottaen halusivat hänen varoittavan?

Kyllä, hän oli täysin varma, että he yrittivät kertoa hänelle jotain, mutta mitä tarkalleen ottaen? Hänellä oli jälleen kerran hiipivä epäilys, että kaikki liittyi jotenkin Erieliin.

Ensin hän meni Ardenin kotiin, ja miesparka oli kuten ennenkin zombimaisesti sängyssään. Lääkäri oli hänen vierellään, kun E-Z ja Alfred menivät sisään.

"Mikä on diagnoosi?" E-Z kysyi.

"Ensinnäkin, viekää se kana pois täältä!" lääkäri huudahti.

Alfred huhuili vastalauseeksi ja ryntäsi sitten pois. Ulkona se söi ruohoa ja puhdisti höyhenensä.

Tohtori katsoi herra ja rouva Lesteriä: "Kuinka paljon haluatte, että tämä poika tietää?"

"Tämä on E-Z, hän on yksi Ardenin parhaista ystävistä. "

"Tiedän kuka hän on, olen nähnyt hänet televisiossa pelastamassa ihmisiä."

E-Z ei tiennyt, mitä sanoa, joten hän ei sanonut mitään, mutta hän ei pitänyt tämän lääkärin asenteesta.

"Arden on koomassa."

"Joo, niin minäkin luulin. Milloin hän sitten herää siitä? Tohtori Flannel tuolla Handle-kodissa - jossa PJ on samassa tilassa - sanoi, että hän palaisi pian normaaliin tilaan."

"Sitä en tiedä. Hänen kehonsa suojelee häntä joltakin, joten hän herää, kun on tarpeeksi hyvässä kunnossa. Sillä välin suosittelen, että joku on hänen kanssaan vuorokauden ympäri." Sitten Lesterille: "Olisi ehkä parasta, jos te molemmat työskentelisitte hoitajan palkkaamiseksi. Voin suositella jotakuta. Jos voitte työskennellä kotoa käsin, se olisi parasta. Palaan asiaan parin päivän kuluttua."

"Parin päivän päästä", Lester toisti.

Rouva Lester johdatti lääkärin ulos talosta.

E-Z seurasi häntä. "Jos voin auttaa, tehdä vuoron hänen vierellään, älä epäröi kysyä. Menen nyt PJ:n luo. Lia on jo siellä, ja hän tekstasi, että hän on samanlainen."

"Pidä meidät ajan tasalla ja terveisiä PJ:n perheelle."

"Tehdään niin", E-Z sanoi, kun hän ja Alfred olivat jälleen yhdessä. Molemmat nousivat maasta ja lensivät PJ:n talolle.

Kun he lensivät eteenpäin vierekkäin, Alfred sanoi: "En ollut innostunut siitä lääkäristä. Kun ihminen on epäystävällinen eläimiä kohtaan... en luota häneen."

"Ymmärrän kyllä, mutta hän teki vain työtään."

"Me joutsenet emme ole aiheuttaneet mitään kulkutauteja tai... unohda. Unohdin lintuinfluenssan - mutta se tapahtui ihmisten takia."

He laskeutuivat PJ:n talolle, jossa Lia odotti heitä ovi auki.

"Miten teillä kahdella menee?" hän kysyi.

"Hyvin", Alfred sanoi.

"Ah, hän on vähän ärtynyt, kun Ardenin lääkäri heitti hänet ulos huoneesta, mutta minä olen kunnossa, kiitos. Entä sinä?"

"Minulla on kaikki hyvin, mutta PJ:n vanhemmat ovat menettämässä järkensä, eikä toipumisen merkkejä ole näkyvissä."

"Kutsuivatko he lääkärin takaisin?" Alfred kysyi.

"Ei. Hän antoi heille toivoa, mutta ei mitään muuta, lähinnä sitä, että hän toipuisi. Mutta olen huolissani, että hän on väärässä." Hän piti tauon ja punastui hieman.

"Ai niin, vielä yksi asia, kun pidin häntä kädestä." Hän tuijotti heitä kahta. "Hän, no, en ole varma, kuvittelinko sen vai tekikö hän sen oikeasti - mutta luulin, että hän puristi sitä."

"Uh, kiitos, että pysyit hänen kanssaan. Meidän pitäisi vaihtaa vuoroja hänen vanhempiensa kanssa, ettei kukaan väsy liikaa. Voit mennä nyt kotiin ja viettää aikaa äitisi kanssa. Hän varmaan ihmettelee sinua." Hän ei missään nimessä aikonut mainita kädestä pitämistä.

"Minä lähden sitten, kun sinä lähdet", Lia sanoi, kun he kulkivat PJ:n huoneeseen.

Alfred, Lia ja E-Z olivat nyt kahden PJ:n kanssa.

"Näin viime yönä outoa unta. PJ, Arden ja minä olimme seitsemänvuotispäivilläni - mutta asiat eivät tapahtuneet niin kuin silloin. He yrittivät kommunikoida kanssani yhteisen tapahtumamme kautta, mutta en ole varma, mitä he yrittivät sanoa."

"Kerro meille se uni", Alfred sanoi. "Äläkä jätä mitään pois."

"Niin, kerro meille, niin katsotaan, voimmeko auttaa sinua tulkitsemaan sen." "Niin, kerro meille, niin katsotaan, voimmeko auttaa sinua tulkitsemaan sen."

"No, se alkoi normaalisti. Kaikki oli niin kuin sinä päivänä, kunnes Arden unohti pesäpallohattunsa ja me kolme palasimme hakemaan sen."

"Hän ei siis hukannut pesäpallohattuaan oikeissa juhlissa?"

"Ei, hän ei menettänyt. Itse asiassa hänellä oli niin pakkomielle tuohon lippikseen, että kiusasimme häntä usein sillä, että se oli liimattu hänen päähänsä. Se oli siis merkittävä osa unta. Ja siinä me kävelimme takaisin pelialueelle, ja käytävä tuntui jatkuvan paljon pidempään kuin lähtiessämme sieltä.

Kävelimme pitkän aikaa. Juttelimme kuten ennenkin. Emme tajunneet sitä ensin, olimme kävelleet jo jonkin aikaa. Arden harkitsi lakin jättämistä sinne, missä se oli, koska sinne pääseminen kesti niin kauan, mutta päätimme hakea sen. Hän sanoi, että lakilla oli hänelle tunnearvoa."

"Mielenkiintoista", Lia sanoi. "Tiedätkö, miksi hän rakasti lakkia niin paljon?"

"Hän käytti sitä koko ajan, koska hän piti joukkueesta. En koskaan tiennyt, että oikeassa elämässä oli mitään muuta tunneperäistä kiintymystä kuin itse joukkueeseen. Ja unessa, siinä vaiheessa, vasta kun hän sanoi sen. Niin, sitten käytävä laajeni ja löysimme itsemme isosta ilmavasta huoneesta, kuin auditoriosta. Huoneen keskellä oli jättimäinen giljotiini."

"Mitä! Kuinka outoa!" Alfred sanoi.

"Se on aika pelottava", Lia sanoi.

"Siellä on muutakin. Ylhäällä, terän yläpuolella oli Ardenin lippis ja sen alla kyltti, jossa luki: Pää menee tähän."

Lia ja Alfred haukkoivat henkeään.

"Arden sanoi, ettei hän ollut enää niin innostunut hatusta. Silloin pimeni ja kuulimme raskaita askelia tulevan meitä kohti. Saappaat. Ketjujen tai haarniskan naksumista. Sitten valot palasivat, kun sisään astui mies, jolla oli huppu päässään. Hän meni giljotiiniin ja teroitti veitsensä, yhden toisensa jälkeen."

"Mitä sitten?" Alfred kysyi.

"Sitten tietokoneen näyttö avautui, jossa luki LOADING, ja näkyviin tuli kuva heistä kahdesta. He sanoivat kaksi sanaa:

"VAROITUS."

"Mitä sitten?" Alfred kysyi uudelleen.

"Sitten Sam-setä herätti minut ja kysyi, tiedänkö, missä Lia on."

"Se ei ole kovin paljon", Lia sanoi. "Rakastiko hän sitä lippalakkia? Ja ketä pitäisi varoittaa?"

"Ardenin suosikkijoukkue oli ja on edelleen Boston Red Sox. Lippis oli hänelle lahja - aito - hän ei koskaan jättäisi sitä pois, tapahtui mitä tahansa. Silti hän harkitsi sen jättämistä uneen ainakin kahdesti."

"Mutta hän ei ollut niin innokas, että olisi pistänyt päänsä giljotiiniin saadakseen sen", Alfred sanoi.

"Kuka olisi ollutkaan!" Lia kysyi.

"Kunpa voisimme käyttää Ardenin tietokonetta. Siellä on varmasti johtolanka. Veikkaan, että hänellä on tiedosto, jotain piilotettua, jonka voisin löytää. Ehkä se oli se, mistä unessa oli kyse. Ja miksi hän antoi minulle vihjeen."

Lia tarkisti puhelimestaan netistä, mitä merkitystä unella, jossa oli giljotiini, oli. "Sen mukaan se edustaa pelkoa tai ahdistusta. Eritetyksi tulemista tai nolostumista jostain."

"Minulla taitaa olla idea", E-Z sanoi selatessaan puhelimensa yhteystietolistaa.

"Odota hetki", Alfred sanoi, "soita Samille."

"Olet oikeassa, ehkä minun pitäisi käydä tämä ensin läpi hänen kanssaan." Hän soitti pikavalinnan Samille ja selitti tilanteen. Sam sanoi tulevansa heti Ardenin luo, että heidän pitäisi tavata hänet siellä.

"Onko täällä kaikki hyvin?" PJ:n äiti kysyi. "Haluaisitko juotavaa tai jotain?"

"Ei kiitos, mutta Sam-setä on menossa Ardenin luo ja me tapaamme hänet siellä. Vilkaisemme Ardenin tietokonetta ja selvitämme, mitä hän teki viimeksi. Harmi, että PJ:n tietokone on epäkunnossa."

"Tuo on fiksu ajatus. Kuulimme, että Ardenin vanhemmat kutsuivat myös lääkärin, oliko hänestä apua?"

"Ei, ei ollut."

"Pidämme teidät ajan tasalla, jos kuulemme jotain", Lia sanoi tunnustellessaan PJ:n otsaa.

"Olet hyvä tyttö", PJ:n äiti sanoi. Sitten hän poistui huoneesta taistellen kyyneleitä vastaan.

Kun he saapuivat Ardenin talolle, Sam odotti heitä ulkona. Hänellä oli kannettava tietokoneensa ja laukku täynnä tietokonetyökaluja ja muuta krääsää.

Yhdessä he menivät sisälle, jossa Sam pystytti oman tietokoneensa lähelle, kannettavan tietokoneen, kytki sen kiinni huoneen toisella puolella ja vilkaisi sitten Ardenin asetelmia. Se oli kytketty suoraan pistorasiaan. Ilman suojavirtapalkkia odottamattomien ylijännitteiden varalta. Hyvä, että hänellä oli aina sellainen laukussaan.

Varmistettuaan suojavirtapalkin hän kytki Ardenin tietokoneen siihen. He odottivat - eikä mitään tapahtunut. Hän piti sitä hyvänä merkkinä ja napsautti virran päälle, ja Ardenin tietokone heräsi eloon. Tarvittiin salasana. Salasana, jota kukaan heistä ei tiennyt.

"Arvaatteko mitään?" Sam kysyi.

E-Z kirjoitti Boston Red Sox. Hän kokeili Ardenin toista nimeä, joka oli Daniel. Ei onnistunut.

"Kokeile giljotiinia", Alfred ehdotti.

"Bingo!" E-Z sanoi, että nyt hänen piti vain etsiä historiasta.

"Anna minä", Sam sanoi, kun hän napsautti asetuksia etsien jotain epätavallista. Mitään tavallisuudesta poikkeavaa ei löytynyt.

"Mitä hän teki viimeksi? Pelasiko hän jotain peliä?" E-Z kysyi.

Kun Sam klikkaili saadakseen selville, ylijännitteettömyyspalkki syttyi tuleen. Sam-setä juoksi sammuttamaan paloa, mutta kun hän palasi takaisin, E-Z oli jo tukahduttanut sen huovalla. "Hyvä ajatus", hän sanoi.

"Toivottavasti Ardenin äiti on samaa mieltä!"

"Ota kovalevy kiinni!" Sam käski, minkä hän tekikin ennen kuin se kärähti. "Nyt otamme tämän mukaamme ja katsomme, mitä näemme."

KAPPALE 7

KESKUSTELU

Kun he lähtivät kotimatkalle, E-Z mietti yhä "varoita heitä" -viestiä. Olisiko se voinut olla muutakin kuin unta?

"Ihmettelenpäs", hän sanoi.

"Mistä?" Sam kysyi.

E-Z selitti unestaan ja viestistä ja lisäsi sitten uuden ideansa nähdäkseen, mitä mieltä he olivat siitä.

"PJ ja Arden asensivat asioita verkkosivuille, jotta voisimme tulevaisuudessa tehdä podcasteja. Mietin, pitäisikö minun käyttää sitä, kunhan keksimme, ketä varoittaa. Voisimme varmasti tavoittaa paljon ihmisiä."

"Tuo on loistava idea!" Sam sanoi: "Mutta eikö meidän pitäisi rakentaa seuraajia nyt? Sitten kun olemme valmiita välittämään varoituksen, meillä on jo joitakin tilaajia?"

"Mitä minä sanoisin?"

"Mietitään asiaa", Lia sanoi. "Ja me olemme aivan vierelläsi."

"Minulle kelpaa, että minä hoidan osan puhumisesta."

Saavuttuaan nyt kotiin he menivät sisälle.

KAPPALE 8

BRANDY ELÄÄ

Kun hän näki miehen ensimmäisen kerran, heillä oli yhteistä musiikkia. Hän soitti pianoa, keskivertoa paremmin mutta ei poikkeuksellisen hyvin. Hänen musiikinopettajansa sanoi, että hänellä oli luontainen kyky - mitä se sitten tarkoittaakin. Mutta hän pystyi soittamaan vain kappaleita, jotka merkitsivät hänelle jotain. Sitten hän muisti ne ja pystyi soittamaan ne heti. Pakottaminen soittamaan jotain, mistä hän ei pitänyt, sai hänet kuitenkin vihaamaan oppitunteja.

Hän sinnitteli sen kanssa. Pakotti itsensä, vaikka vihasi sitä. Toivoen, että hän voisi huijata tiensä koulun bändiin.

Hänen vanhempansa halusivat jotain näytettävää kaikille maksamilleen tunneille. He vaativat häntä kokeilemaan bändiä - jotta hän pääsisi paremmin mukaan koulun toimintaan.

"Se näyttää hyvältä yliopistohakemuksessa", isä sanoi.

"Yritä parhaasi, muuta emme pyydä. Anna kaikkesi!" hänen äitinsä sanoi.

Tämän vuoden lukion koe-esiintymiset olivat kuitenkin täynnä lahjakkaita lapsia. Lahjakas miesrumpali oli jo lavalla esiintymässä, kun hän astui saliin.

Hikoilevat kämmenet ja jyskyttävä sydän liikkui rivissä. Oppilaiden ja opettajien rivi taputti ja naputti varpaitaan. Hän tunsi lattian sykkivän jokaisesta tahdista.

Kuin robotti hän jatkoi kulkuaan salin reunaa pitkin, kunnes hän oli niin lähellä lavaa kuin mahdollista.

Nyt hän hiipi ovesta ulos ja meni kulissien taakse. Seisoi muiden lavalla olevien esiintyjien kanssa ja taputti kuin hän olisi aina ollut siellä.

Se oli loistava suunnitelma. Kaikki olivat olleet niin keskittyneitä hänen koe-esiintymiseensä, etteivät he olleet edes huomanneet, että hän oli katkaissut jonon.

"Kuka hän on?" hän kuiskasi tytölle, joka oli hänen edessään jonossa.

"Shhhhh!" muut odottavat esiintyjät vastasivat.

Hän rummutti eteenpäin, farkkuihin pukeutuneena, vaaleat hiukset heiluen ja pomppien. Sitten hän kumartui lähemmäs mikrofonia, ja hänen syvä, melodinen äänensä yhtyi rytmiin.

Hän työntyi hieman lähemmäs, ja kun hän teki niin, hän huomasi kutinan, jota ei ollut ollut aiemmin.

Hänen kämmenissään, käsivarsissaan, jaloissaan. Hän raapi eikä löytänyt helpotusta. Itse asiassa se paheni, ja pian tuntui kuin hänen ihonsa olisi ollut tulessa. Sitten hänen hengityksensä heikkeni ja sydämen syke hidastui.

"Rauhoitu", hän kuiskasi sekä ääneen että päässään.

Se oli viimeinen asia, jonka hän muisti ennen kuin hän heräsi liikkuvassa ajoneuvossa.

KAPPALE 9

ABOUT BRANDY

Ajoneuvo ajoi ylinopeutta moottoritiellä. Hän oli takapenkillä. Kenen autossa hän oli? Hän ei tunnistanut autoa.

Hän yritti nousta istumaan; hänen päähänsä sattui - aivan kuin juna olisi syöksynyt sen läpi. Hän sulki silmänsä hetkeksi ja kuunteli yrittäen selvittää, miten hän oli joutunut sinne. Itse auto tuoksui oudolta, uudelta ja vanhalta samaan aikaan.

PFFT.

Tuuletusaukosta erittyi haju, joka sai hänen vatsansa vääntymään, ja hän oksensi.

"Hei, varo sisätiloja", miesääni sanoi. "Se on nahkaa, aitoa." Hänen puhelimensa soi, ja hän puhui siihen visiirissä olevan mikrofonin kautta. "Kyllä, olemme pian perillä", hän sanoi. Hän katkaisi yhteyden ja käynnisti sitten radion.

Hänen kätensä oli sidottu, ei hänen takanaan, kuten hän oli nähnyt elokuvissa, vaan hänen edessään, juuri kiinnitetyn turvavyön yläpuolella. "Haluan kotiin!"

"Pian", miesääni vastasi Draken kappaleen kertosäkeen yli.

Matkattuaan noin kolmekymmentä minuuttia, mitä hän luuli, mies pysähtyi huoltoasemalle. Hän lukitsi tytön sisään, paiskasi sitten oven perässään ja jätti hänet mukaansa sanomatta sanaakaan.

Hän katsoi ulos ikkunasta yrittäen kovasti olla oksentamatta taas. Hänen kaapparinsa tai kidnappaajansa, mikä ikinä olikaan, oli mennyt sisälle. Hän toivoi, ettei hän ollut kidnappaaja, joka aikoi pyytää lunnaita. Hänen vanhemmillaan ei ollut rahaa maksaa hänen paluustaan. Hän keskittyi hetkeen ja huomasi, että ovissa ei ollut kahvoja eikä ikkunan avaamiseen tarkoitetut napit toimineet.

Bensaa pumppaavan auton toisella puolella hän näki miehen.

"APUA!" hän huusi antaen kaikkensa. Tietäen, että tämä saattoi olla hänen ainoa mahdollisuutensa.

Kun mies ei vastannut, hän hakkasi sidottuja kohtauksiaan suljettuihin ikkunoihin. Täällä kalanruotoisessa autossa oli vaikea päästää ääniä. Hän vilkaisi taakseen, ja hänen sieppaajansa oli palaamassa autoon mukanaan tölkki limsaa ja kaksi suklaapatukkaa. Kun hän nousi ratin taakse, hän heitti suklaapatukan olkansa yli naisen luo. Hän ei saanut sitä kiinni, hän vihasi sellaista, puhumattakaan siitä, että hän oli hiljattain oksentanut.

"Minua janottaa", hän sanoi.

"Mitä haluat?" mies kysyi, meni sisälle ja tuli melkein heti ulos vesipullo mukanaan.

Hän avasi korkin ja antoi sen tytön käteen. Vaikka ne olivat sidotut, hän sai parin yrityksen jälkeen vettä suuhunsa. Hänen t-paitansa etupuolelta valui vettä. Häntä ei haitannut, se pesi pois osan barffin hajusta.

"Kiitos", hän sanoi.

Hetkeä myöhemmin he olivat taas moottoritiellä. Mies kiihdytti vauhtia, siirtyi ohituskaistalle, ja hänen turvavyönsä avautui. Hän kaatuili auton takapenkillä kuin yksittäinen kuutio, joka vieri ilman suuntaa.

"Lopeta tuo, senkin hullu!" mies sanoi, kun nainen yritti kiinnittää turvavyötä uudelleen kädet sidottuina.

Renkaat renkaina, kun kuljettaja vaihtoi holtittomasti kaistaa. Muut kuljettajat jarruttivat, jotta he pysyisivät poissa hänen luotaan. Sitten hän suuntasi ulosajorampille. Hän jarrutti ja pysähtyi. Nousi etupenkiltä, avasi takaoven.

Hän oli valmiina, jalat osoittivat häntä kohti, ja iski häntä kaikin voimin yhdellä suurella kahden jalan potkulla. Mies kaatui maahan, ja nainen oli ulkona autosta ja juoksi villisti, kun auto törmäsi häneen, sitten toinen, sitten toinen.

Hän nousi takaisin autoon ja kaahasi pois.

"Tyhmä tyttö!" hän huudahti.

KAPPALE 10

BRANDY MUISTAA

"Se tapahtui taas, eikö niin?" äiti kysyi auttaessaan Brandya pois ostoskärryistä. "Mitä tällä kertaa tapahtui?"

"Anteeksi, äiti", teini sanoi ja kumartui sitomaan kenkänsä. Hänen kätensä tuntuivat niin hyviltä nyt, kun niitä ei enää sidottu.

Hänen äitinsä kumartui ja kuiskasi: "Oliko se sama kuin muillakin kerroilla? Pyörryitkö sinä?"

Hän nousi ylös ja vilkaisi kohti ovea.

"Kerro minulle", äiti sanoi ja siirsi tyttärensä eteensä niin, että he olivat lähekkäin, eikä kukaan muu voinut kuulla. Sitä paitsi kukaan muu ei ollut heidän käytävällään.

"Olin koulussa, koe-esiintymisissä. Eräs poika soitti soolorumpuja ja lauloi. Hän oli todella erinomainen."

"Ja varmaan myös unelmoiva?" äiti kysyi.

Hän tunsi poskiensa kuumenevan. "Sydämeni kiihtyi, raksutti ja kämmeneni hikoilivat ja tunsin itseni hassuksi. Seuraavaksi tajusin, että olin sidottuna liikkuvan auton takapenkillä!"

"Sidottuna? Autossa? Kenen autossa? Kuka ajoi? Minne olit menossa?"

"En tunnistanut autoa tai kuljettajaa. Hän puhui jonkun kanssa, käyttäen sellaista kädetöntä mikrofonia. Hän oli ihan hyvä kuski, kunnes tuli moottoritielle. Sitten hän ajoi kuin hullu, ja minä teeskentelin, että turvavyö oli irronnut. Kun hän pysähtyi tieltä ja pysähtyi, potkaisin häntä niin lujaa, että hän kaatui ja minä lähdin pakoon."

"Luojan kiitos, että pääsit karkuun. Pysähtyikö joku auttamaan sinua? Toivottavasti sinulla on heidän numeronsa, jotta voin soittaa ja kiittää heitä."

Brandy ei puhunut, koska hän muisti autot, yksi, kaksi, kolme, kun ne törmäsivät häneen ja hän kuoli. Taas. Ja päätyi ruokakauppaan äitinsä kanssa, taas.

"Puhu minulle", Brandyn äiti sanoi.

"Minä kuolin - taas", Brandy sanoi "ja päädyin tänne". Taas."

Hän istuutui lattialle, tai oikeastaan hänen polvensa heikkenivät ja hän laskeutui polvilleen. Hänen äitinsä seurasi perässä kuin domino.

He istuivat yhdessä, pitivät toisiaan kädestä kiinni puhumatta.

KAPPALE 11

BRANDY THEN

"Pidä kiirettä, Brandy!", äiti oli sanonut viimeksi. Viimeisen kerran, kun hänen ainoa tyttärensä oli kuollut - ja herännyt henkiin.

Kun useimpien vanhempien oli mentävä ruokakauppaan lapset perässään - he eivät päässeet sieltä tarpeeksi nopeasti pois.

Brandy ei kuulunut niihin lapsiin. Hän piti kaupoista enemmän kuin puistoista, urheilusta - melkein kaikesta muusta toiminnasta. Ostoksille vieminen oli ainoa tapa saada hänet ulos kotoa.

Se ei ollut täysin Brandyn vika. Hän oli syntynyt harvinaisen sydänsairauden kanssa. Siitä sanottiin, että hän kasvaisi ulos. Hän ei voinut juosta ja leikkiä muiden lasten kanssa.

Siksi hän rakasti ostoskeskusta, mutta eniten hän rakasti ruokakauppaa. Ja ruokakäytävillä oli aina melko rauhallista. Paitsi kerran, kun he jakoivat ilmaisia DVD-levyjä. Brandy innostui niin, ettei saanut henkeä, ja hänet piti viedä kiireesti sairaalaan.

Hän oli ollut silloin kolmevuotias.

KAPPALE 12

BRANDY NOW

Nyt kun hänen tyttärensä oli neljätoistavuotias, sitä näytti tapahtuvan yhä harvemmin. Silti hän mietti, mitä tapahtuisi, kun hän olisi liian iso mahtuakseen ostoskärryihin.

"Miksi juuri täällä, luuletko?" Brandyn äiti kysyi, "Miksi aina vain sinä ja minä ja täällä?"

"En tiedä äiti, mutta yhden asian tiedän. Minä haluan käydä ostoksilla. Haluan ostaa ruokaa ja juomaa ja, minä lähden. Jää sinä tänne jos haluat, tulen kohta takaisin. Tässä, pelaa pasianssia puhelimellasi. Se rauhoittaa hermojasi ja shoppailu rauhoittaa minun hermojani."

Nainen istui lattialla, kun kärryt tulivat ja menivät keskittyen koko huomionsa pasianssipeliin. Hänen tyttärensä tunsi hänet niin hyvin. Silti hän yritti olla murehtimatta sitä, kuinka paljon - ei kuinka vähän - hän kertoisi miehelleen. Hän ei ollut kertonut hänelle viimeksi, kun hänen tyttärensä oli kuollut, eikä edellisellä kerralla, eikä sitä edeltävällä kerralla. Hän oli vain kertonut, että he olivat käyneet ostoksilla ja että se oli ollut stressaavaa.

"Olen valmis", Brandy oli sanonut, silloin kun hän oli ollut pikkutyttö sylissään muroja ja poppareita.

Silloin he suuntasivat itsepalvelukassajonoon.

"Anna minun tehdä se, äiti!"

Niin Brandy sanoi aina. Hän rakasti katsella, kun kassahenkilö skannasi jokaisen esineen. Ja luoja häntä auttakoon, jos skannaus oli väärässä.

Brandy ja hänen äitinsä palasivat autolle. Brandy istui etupenkille ja kiinnitti turvavyönsä. He ajoivat pois ja pysähtyivät vain hetkeksi autokauppaan hakemaan kaksi jäätelöä.

"Saimme tänään todella hyviä löytöjä", Brandy sanoi silloin ja sanoi sen nyt uudelleen.

"Tiedän, että rakastat, mutta haluaisin silti kuulla lisää siitä, öh, tämänpäiväisestä tapauksestasi. Muistatko mitään muuta siitä, mitä tapahtui? Olit varmasti kauhuissasi, kun olit yksin autossa tuntemattoman kanssa? En ymmärrä, miten tällaista tapahtuu... Oliko tämä erilainen kuin muut kerrat? Sanoit, että yhtenä hetkenä olit koulun bändin koe-esiintymiskokeessa ja seuraavana olit autossa."

"Kyllä, odotin vuoroani esiintyä muiden oppilaiden kanssa. Kuuntelimme kaikki erästä poikaa rummuissa. Hän oli uskomaton, lauloi ja soitti. Olin lähestymässä jonon kärkeä, kun, ZAP, olin poissa."

"Voi, en pidä tuon ZAPin äänestä."

"Niinhän siinä kävi, äiti. Ensin kutisivat kädet, sitten jalat ja kädet."

"Etkö kertonut minulle kutinasta aiemmin?"

"Niin käy. Yleensä rauhoitan itseni. Tällä kertaa mikään ei auttanut ja, no, tiedät kyllä, Z-sana."

"Minun on pakko kysyä, mutta luuletko, että tämä tapahtui ehkä siksi, että halusit välttää koe-esiintymistä? Tarkoitan koe-esiintymistä itse. Se ei ole jotain, mitä olet ollut innokas tekemään."

Brandy rummutti sormiaan oven käsivarrella. "En hyppäisi autoon tuntemattoman kanssa välttääkseni koe-esiintymistä", hän sanoi.

"Hyvä on, kultaseni", hänen äitinsä sanoi kyynelehtien. Hän oli sanonut väärin - taas kerran. Hän sanoi aina vääriä asioita, kun kyse oli hänen tyttärensä... miksi sitä pitäisi kutsua? Hänen tyttärensä matkaseikkailuiksi.

"Ei se mitään, äiti."

He ajoivat hiljaisuudessa jonkin aikaa. Se oli mukavaa hiljaisuutta.

"Haluan tietää, miten voin auttaa sinua", Brandyn äiti sanoi. "Seuraavaa kertaa varten..."

"Tiedän, että haluat äiti, mutta et ole paikalla, kun se tapahtuu. Minun on pystyttävä hoitamaan se itse."

"Onko jokin asia, joka tapahtuu aina - ennen kuin katoat?"

"Kunpa muistaisin, äiti, mutta kuten viime kerralla, en muista." Hän katsoi ulos ikkunasta, sitten hän risti kätensä.

"No, kun olemme kotona, voit harjoitella harjoitella harjoitella. Sitten olet entistä valmiimpi huomiseen koe-esiintymiseen."

"Se oli vain yhden päivän koe-esiintyminen. Minulla ei siis ole tänä vuonna mitään mahdollisuuksia. Sitä paitsi isä ei pidä siitä, kun harjoittelen, varsinkaan kun hän tekee töitä kotoa käsin. Hän sanoo, että hän saa siitä päänsäryn."

"Isä ei tarkoita sitä niin", tyttö sanoi. "Minä puhun hänen kanssaan. Loppujen lopuksi sinä haluat soittaa pianoa, työnä, eikö niin? Siis jonain päivänä, kun olet valmistunut. Ja minä soitan opettajallesi - pyydän poikkeusta sääntöön."

"Haluaisin kuulla, miten se keskustelu meni!" hän nauroi. "Päivää, herra Hopper, olen Brandyn äiti, ja tyttäreni, no, hän aikamatkusti ylinopeutta ajavaan autoon tuntemattoman kanssa ja sitten, kuoli. Voisiko hän siis koe-esiintyä teille huomenna?"

"Tuo on julmaa", hänen äitinsä sanoi. "Oletko muuttanut mieltäsi siitä, että haluat jatkaa musiikkiuraa? Kai he tekevät koko ajan poikkeuksia opiskelijoille?"

"Ehkä tekevätkin, mutta minua se ei haittaa. Että jäin siitä paitsi. Aina on seuraava korva. Sitä paitsi haluaisin olla kauppias, luulen, että siksi palaan aina ruokakauppaan tai vaatekauppaan. Muistatko sen yhden kerran?"

Hänen äitinsä nyökkäsi.

"Shoppailijan jälkeen pianonsoittaja, sitten opettaja", teini sanoi, avasi kätensä ja pureskeli kynsiään.

Hänen äitinsä vilkaisi häntä: "Älä, kultaseni. Kynsien pureskelu on niin epähygieenistä." Brandy istui käsillään. "Siinä järjestyksessä?" hänen äitinsä sanoi nauraen.

"Ehkä peruutusjärjestyksessä", Brandy vinkui, kun he ajoivat pihatielle. "Isä ei ole vielä kotona."

Hän käytti automaattista autotallin ovenavauslaitetta vastaamatta tyttärelleen. Kyllä, hänen miehensä oli taas myöhässä. Hän tuli joka ilta yhä myöhemmin kotiin. Hän sanoi, että työ piti häntä kiireisenä ja pakotti hänet tekemään ylimääräistä työtä maksamatta ylityökorvausta. Hän inhosi sitä, ettei mies koskaan tullut kotiin katsomaan Brandya ennen kuin tämä meni nukkumaan. Ainakin heillä oli ollut välipala valmiina. Hän valmistaisi päivällisen ja saisi Brandyn asettumaan huoneeseensa. Siten hän ja hänen miehensä voisivat syödä päivällistä yhdessä. Siitä tulisi ihana ilta, vain he kaksi.

"Ota laukut", hän sanoi.

"Selvä, äiti", Brandy vastasi, kun he menivät sisälle

KAPPALE 13

AUSTRALIAN OUTBACK

Australian pohjoisosassa Outbackissa asuva poika oli asunut laatikossa. Hän oli kahdentoista vuoden ikäinen, kun hänet löydettiin. Hänen vartalonsa oli epämuodostunut, sillä hän istui selkä kaaressa ja polvet ylhäällä - laatikkomaisesti. Jopa silloin, kun he avasivat laatikon ja päästivät hänet ulos.

Hän ei pystynyt puhumaan, tai hän ei suostunut puhumaan. Kunnes hän alkoi taas luottaa. Sitten hän venytteli ja hänen kehonsa rentoutui.

Hän piti mieluummin hiljaisista äänistä, kuiskaavista äänistä. Kovat asiat, kovat äänet kaikenlaiset pelottivat häntä. Hän vapisi ja sulkeutui itseensä. Hän etsi ja huusi "laatikkoa".

He pitivät sitä siellä nurkassa. Kunnes Sydneyssä sanottiin, ettei hän paranisi, ellei sitä tuhottaisi.

Hän auttoi heitä tekemään sen, lähes hänen kokoisella lekalla. Kun se hajosi pieniksi palasiksi, hänen silmänsä pyörähtivät takaisin päähän ja hän oli poissa. Pois. Jonnekin hänen mielessään. Tavoittamattomissa.

Kukaan ei tiennyt, kuka hän oli. Tai kenelle hän kuului. Millaiset vanhemmat lukitsisivat lapsensa laatikkoon kuin eläimen?

Häntä ei silti ollut näännytetty nälkään. Ei ainakaan ruokaa. Eikä hän ollut kuivunut.

Mikä tarkoitti, että joku oli lähellä. He odottivat, metsänvartijat ja poliisit, että he palaisivat - mutta he eivät palanneet. Heidän täytyi siis tietää, että laatikko laatikossa oli ulkona.

Psykologiryhmä oli asentanut taloon kameroita, jotta he voisivat tarkkailla poikaa etänä Sydneystä käsin.

Muut ympäri maailmaa halusivat "päästä mukaan" pojan tarkkailuun. Jotkut kirjoittivat väitöskirjoja lasten hyväksikäytöstä ja laiminlyönnistä. He taistelivat tiensä listan kärkeen.

Poika keinui edestakaisin sanomatta sanaakaan. "Box!" oli ollut hänen ainoa ponnistuksensa. Mutta hän tiesi, mistä oli kyse. Hän kuuli heidän kuiskauksensa. Miljonäärejä, jotka halusivat adoptoida hänet. Hän ei ollut menossa minnekään. Hän pysyi paikallaan. Tämä oli hänen kotinsa.

Poika, joka ei ollut koskaan ennen nukkunut sängyssä - tai jos oli nukkunut, hän ei muistanut sitä - ei halunnut nukkua sängyssä nyt. Sen sijaan hän kääriytyi palloksi ja nukkui nurkassa lattialla. Hänellä oli käyttöä tyynylle ja peitolle, jotka hänelle oli jätetty. Nuo ylellisyydet jäivät koskemattomiksi.

Sillä välin kun he päättivät, mitä hänelle tehtäisiin, nimitettiin sisar. Australiassa sisaria kutsutaan myös sairaanhoitajiksi. Joissakin tapauksissa sisar on myös sisar (nunna.) Myös sisar, joka on sairaanhoitaja, voi olla veli. Jos mainittu sisar/hoitaja oli miespuolinen.

Pojan sisar/hoitaja oli kiltti nainen, joka piti hiuksensa aina ponnarissa. Hänellä oli valkoinen univormu ja siihen sopivat kengät, jotka vinkuivat joka askeleella.

Ensimmäisellä kerralla, kun hän yritti heittää pojan päälle peittoa, poika huusi kuin vihaisen pilven kimppuun.

"No niin, no niin", sisar sanoi. Hän värähti ja nosti sitten peiton. Hän heitti sen hartioidensa ympärille, ja poika haukkoi henkeään.

"Se on pehmeä", hän sanoi.

Hän käpertyi siihen. Haistoi sitä.

"Se on hyvin pehmeä ja lämmin", hän huokaili.

Poika ojensi kätensä ja kosketti peiton reunaa. Hän silitteli sitä, aivan kuin se olisi yhä lampaalla, josta se oli peräisin.

"Haluaisitko sinä sen?" Sisko kysyi.

Poika kieltäytyi kahteen päivään, mutta antoi sitten tytön pukea sen hartioidensa ympärille. Sen jälkeen hän nukkui sen kanssa kuin se olisi ollut elävä olento. Hän piteli sitä kuin vauvaa ja kuiskasi sille. Lopulta hän lohduttautui sillä eikä antanut sisaren ottaa sitä eikä pestä sitä.

Neljäntenä aamuna pojan vapauden jälkeen eläimet alkoivat kerääntyä ulos kiinteistön nurmikolle. Ensin saapui naaraskenguru. Se hyppäsi kuistin portaiden alapäähän, istui sitten kyttyräselälleen ja katseli ovea. Seuraavaksi saapui emu, joka teki samoin. Sitten tulivat harakka, kakadu ja galah. Linnut lauloivat vuorotellen, ja niiden äänet tuntuivat kutsuvan poikaa ulos ovesta. Ennen hän ei ollut ollut halukas avaamaan ovea tai menemään siitä ulos. Kun hän kuitenkin näki eläimet ja linnut, hän meni epäröimättä ulos niitä vastaan.

Sisko katseli häntä verhotun etuoven takaa. Hän ei pitänyt koirista, kissoista tai linnuista - itse asiassa ne pelottivat häntä - mutta nämä villieläimet kauhistuttivat häntä. Hän uskaltautuisi tarvittaessa ulos. Hän toivoi, että joku lähetettäisiin pian auttamaan häntä.

Poika seisoi kuistilla ja hengitti ilmaa. Hän avasi kätensä leveäksi, laajemmaksi, sitten hän täytti keuhkonsa ulkoilmalla. Hän hengitti sitä ahnaasti.

Sisar, joka toivoi pojan olevan hänen oma poikansa, katseli, kuinka hänen rintakehänsä laajeni hänen pienessä kehossaan.

Sitten se tapahtui.

Poika alkoi nousta kuin ilmapallo, joka lähtee lentoon, mutta hän ei ollut ilmapallo eikä hän ollut narun varassa - hän oli nuori poika.

Sisar juoksi ulos. Hän rakasti poikaa - ja poika oli pääsemässä karkuun. Hänen takanaan ovi pamahti.

"Odota!" hän huusi ja kurottautui pojan luo kouraisevin sormin.

Pojan livahtaessa pois. Hänen pienet jalkansa nousivat. Vieden hänet ulos, kauemmas. Kun kolme lintua kantoi häntä yhä pidemmälle ja pidemmälle.

Hän tarttui kiinni, mutta poika oli liian kaukana. Hän katseli, kun kenguruäiti nosti silmänsä.

Ja poika putosi alas, äidin hartioille. Hän istui korkealla, kädet kaulan ympärillä, ja hyppäsi pois. Heidän rinnallaan emu pysyi vauhdissa mukana.

Sisar, joka ei tiennyt mitä muuta tehdä - juoksi sisälle hakemaan auton avaimet. Hän käynnisti moottorin ja seurasi poikaa, kunnes ei enää nähnyt häntä.

Poika, joka oli kerran asunut laatikossa, oli viety ihmisten maailmasta. Hän oli mennyt maailmaan, jossa eläimet huolehtivat omistaan. Ja tämä lapsi oli yksi niiden omista. Hän oli perhe.

Ja poika lauloi lauluja, äänillä, jotka hän tunsi syvältä sisältään. Ja hän nauroi ääneen ja oli onnellinen, kun hänet vietiin pois, paikkaan, joka oli hänen sydämessään. Paikkaan, jossa hän oli se, mikä hänen oli aina tarkoitus olla.

KAPPALE 14

YKSINÄINEN POIKA

Japanin kielletyssä metsässä kuului lapsen huuto. Linnut kerääntyivät paikalle, yhtyivät lauluun ja vahvistivat yksinäisen pojan avunpyyntöä. Pöllö saapui paikalle ja pelästytti muut linnut pois. Se istui lähistöllä vartioimassa ja odottamassa.

Auton hälytys soi. Sen ulvonta peitti alleen lapsen huudot. Hän oli lastenistuimessa. Sellaisessa, joka oli ennen ollut auton takapenkillä.

"Naks, naks", ja auton hälytyslaite pysähtyi niin pitkäksi aikaa, että kuljettaja saattoi kuulla lapsen heikot itkut. Hän ja hänen miehensä ryntäsivät metsään, josta he löysivät lapsen, joka oli peloissaan ja aivan yksin. Yhdessä he lohduttivat häntä.

Useat vahakot jäivät katselemaan. Arvioivat tilannetta. Ne räpyttelivät höyheniään ja visertelivät. Aivan kuin ne olisivat raportoineet lapsen pelastumisesta suorassa lähetyksessä.

Nainen irrotti lapsen hihnat. Hän piteli lasta sylissään ja kyseli kysymyksiä, joihin lapsi ei osannut vastata. Kysymyksiä kuten: "Missä on sinun Haha, Ko? Missä sinun Otosanisi on?" (Käännetty: Missä on äitisi, lapsi? Missä on isäsi?"

Hänen miehensä tutki aluetta. Hän huusi. Kun kukaan ei vastannut, hän etsi merkkejä. Aikuisen jalanjälkiä. Niitä ei löytynyt.

"Ei mitään jalanjälkiä", hän sanoi ja pudisteli päätään epäuskoisena. Hänelle metsä ei ollut hänen lempipaikkansa. Hän piti enemmän kaupungeista ja melusta. Se oli hän, joka oli vahingossa laukaissut auton hälytyksen. Hän toivoi, että hänen vaimonsa haluaisi lähteä. Hän oli luvannut vaimolle lounaan tämän lempiravintolassa. Silloin hän oli kuullut lapsen äänen ja juossut metsään.

Hän oli seurannut vaimoaan tämän turvallisuuden vuoksi. Kaupungissa he välttelivät alueita, joissa saalistajat saattoivat vaania. Houkuttelemalla pahaa-aavistamattomia, luottavaisia ihmisiä - kuten hänen vaimonsa - vaaraan.

Metsä, tämä nimenomainen metsä, oli täynnä ääntä. Elävä, valon täyttämä. Ja lapsi, he eivät voineet jättää lasta.

"Mennään", hän sanoi. "Viemme hänet sairaalaan, jotta varmistetaan, että hän on kunnossa, ja he voivat tarkistaa poliisilta, kenelle hän kuuluu."

Hän piti lasta lähellä rintaansa ja kuljetti kättään pitkin selkää, kuten äiti tekisi omalle lapselleen. Hänen mielessään hän oli juuri sitä, hänen lapsensa. Lapsi, jota hän ei ollut koskaan voinut saada, oli kutsunut häntä, ja hän oli tullut kiellettyyn metsään ja vaatinut hänet.

"Hän on minun", hän sanoi ensin uhmakkaasti, sitten pehmeämmin, "tarkoitan, meidän. Meidän lapsemme. Poika, jonka olet aina halunnut."

Hänen miehensä katsoi poikaa. Hän tarvitsi heitä. Ja hän oli liian pieni, liian nuori muistamaan mitään aikaisempaa. Hän luotti jo heihin. Kukaan ei saisi tietää, hän ajatteli. Oliko silti oikein ottaa tämä lapsi omakseen?

"Kukaan ei saisi tietää", hänen vaimonsa sanoi kuin olisi lukenut hänen ajatuksensa.

Näin kävi usein kahdentoista yhteisen vuoden jälkeen. He ajattelivat samanlaisia asioita. Puhuivat samaan aikaan. Lopettivat toistensa lauseet.

He olivat rakastava ja vakaa pari. Yhdessä heillä oli niin paljon annettavaa lapselle. Silti kohtalo ei ollut antanut heille omaa lasta.

Hän ojensi lapsen miehelleen ja odotti.

Yläpuolella olevat linnut näkivät, kuinka hänen kätensä vapisivat. Ne lauloivat rohkaisten häntä ottamaan lapsen. Auttoivat häntä päättämään, että lapsi oli nyt heidän.

Hän oli jo lunastanut hänet sydämeensä ja sieluunsa. Niin oli tehnyt myös hänen miehensä, mutta hän oli repaleinen itsekkyyden vuoksi. Hän halusi tehdä oikein, ei itsekkäästi.

"Haluaisitko tulla asumaan luoksemme?" hän kysyi lapselta.

Vaikka tämä ei vastannut, he kolme lähtivät takaisin parkkipaikalle. He laittoivat pojan keskelle takapenkkiä, pois turvatyynyjen luota.

Linnut ja pöllö nyökkäsivät ja lensivät sitten pois metsään

KAPPALE 15

A WOMAN

Vanha nainen keinuu tuolissaan edestakaisin, edestakaisin, edestakaisin. Hänen muistonsa ovat ohimeneviä, kuin pilvet. Usein ulottumattomissa.

Hämmennys on siirtymässä sisään. Pian se korvaa kaiken hänen mielessään olemattomuudella.

Dementia ei valitse uhrejaan sairaan ihmisen toiveiden tai tarpeiden mukaan. Sen tarkoitus on hämmentää. Vieraannuttaa. Poistaa.

Hän oli kohdannut sen, kunnes eräänä päivänä kaikki meni sekaisin.

Niin hän kutsui sitä nyt, sekaisin. Tai lyhyesti T/T. Toinen asia oli ollut paha, paheneva. Mutta topsy-turvy tarkoitti, ettei hän ollut hullu, ja ennen kaikkea se tarkoitti, ettei hän ollut yksin - ei enää.

Mielessään hän näki kaiken. Joskus se tapahtui hidastettuna, kuin hän olisi painanut nappia kaukosäätimestä. Joskus kohtauksia toistettiin yhä uudelleen, taaksepäin, eteenpäin, silmukassa. Toisinaan hän oli keskellä tapahtumia ja tarkkaili niitä omakohtaisesti kuin toimittaja.

Kun se tapahtui ensimmäisen kerran, hän pelkäsi loukkaantuvansa tai kuolevansa. Hän oli nähnyt hiuksia kihartelevia asioita. Mutta kun hän tajusi, etteivät ne, jotka olivat hänen ympärillään, nähneet tai kuulleet häntä, hän pystyi rentoutumaan. Arkkienkeleitä lukuun ottamatta he tiesivät, että hän oli siellä, mutta he eivät antaneet hänen läsnäolostaan kertoa muille.

Kuten silloin, kun hänen mielensä lensi Alankomaihin. Hän oli asettunut katselemaan pientä tyttöä. Hän oli itkenyt, kun lapsi menetti näkönsä. Hän tunsi itsensä avuttomaksi, kun hän ei voinut tehdä muuta kuin katsella. Sekin muuttui ajan myötä.

Sitten Lia ja E-Z ystävystyivät, ja Alfred, joutsen, lisättiin joukkoon. Hän katseli heitä, kuunteli. Hän tunsi olevansa näkymätön ja kuulematon jäsen heidän tiimissään. Hän näki heidän työskentelevän yhdessä ja kasvavan kiinteiksi ystäviksi.

Yhtäkkiä hän puhui Lialle mielessään, ja pieni tyttö vastasi. Rosalielle avautui aivan uusi maailma.

Aluksi heidän keskustelunsa oli hieman rajoittunutta. Vaikka ikäero oli suuri, heillä oli joitakin yhteisiä asioita. Kuten heidän rakkautensa balettiin.

Sen jälkeen kun arkkienkelit muuttivat sääntöjä, Rosalie piti Kolmea entistä enemmän silmällä. Silti nämä keskustelut eivät riittäneet haastamaan hänen mieltään, pitämään hänen mielensä kiireisenä.

Silloin Rosalie löysi Muut. Lapsia, joilla oli ainutlaatuisia kykyjä muualla maailmassa - ja hän pystyi puhumaan heidän kanssaan.

Ensimmäisenä oli Brandy, teini-ikäinen, joka asui Yhdysvalloissa. Sitten tuli yhteydenpito Lachiesta, joka tunnettiin myös nimellä Poika laatikossa. Kolmas mutta ei viimeinen oli Haruto, joka asui Japanissa. Haruto oli joukon nuorin. Kaikilla kolmella lapsella oli kykyjä. Ja hän oli ainoa yhdistäjä.

Toistaiseksi Lia piti hänet yhteydessä Alfrediin ja E-Z:hen, mutta pian hänen olisi kerrottava heille kaikista muista.

Rosalie vapisi, kun palvelijat saapuivat hänen ruokansa kanssa. Punaista hyytelöä. Hänen suosikkinsa. Hän söi ensimmäisen kaadettuaan siihen kermaa. Kermaa, jonka olisi pitänyt mennä hänen kahviinsa.

Päässään hän kiitti ruokaa tuovaa tyttöä, sillä Rosalie ei pystynyt puhumaan. Hän ei pystynyt puhumaan. Hänen ainoa keinonsa kommunikoida oli mielessään...

Kolmen kutsuminen vierailulle hänen luoksensa vanhusten asuntolaan ei tuntunut oikealta. Toistaiseksi hän antaisi Lian pitää hänet salaisuutenaan, ja hän tekisi muistiinpanoja Brandysta, Lachiesta ja Harutosta ja laittaisi ne kirjaan.

KAPPALE 16

MISSÄ TE SEISOTTE?

Elämme yhdessä maailmassa, joka on täynnä sekä hyviä että pahoja ihmisiä. Maailmaa hallitsevat ihmiset, jotka ovat virheellisiä ja epätäydellisiä. Ihmiset, jotka eivät ole robotteja... joita ei ole ohjelmoitu olemaan hyviä tai pahoja.

Me opimme elämämme, siitä mitä näemme, mitä huomaamme, mitä meille opetetaan ja mitä meistä tulee.

Me opimme niistä perustuksista, jotka meille on luotu. Kun kasvamme ja laajennamme näköalojamme, on tehtävä valintoja.

On meistä itsestämme kiinni soveltaa opittua tietoa. Valita väärän ja oikean välillä.

Kautta aikojen suuria ihmisiä on huijattu. Suuria ja vaikutusvaltaisia ihmisiä. Jopa aikuisia.

Joskus päätös on helppo. Ilman harmaita alueita. Joskus meitä ohjaavat voimat, joihin emme voi vaikuttaa. Toiset painostavat meitä noudattamaan heidän eettistä säännöstöään. Joskus on odottamattomia tekijöitä.

Sanotaan, että olemme polulla, ja joku asettaa tiesulun. Voimme kaataa sen tai pysähtyä ja odottaa, että henkilö poistaa sen. Voimme valita.

Elämässä on kyse valinnoista. Tekemämme valinnat voivat asettaa meidät elämän varrelle. Me seuraamme tuota tietä, jonka tiilet on muurattu hyvien päätöstemme perusteella.

Tai voimme antaa itsemme johtaa itseämme harhaan. Huijattu. Huijata menemään vastoin sitä, minkä tiedämme olevan totta.

Kun näin tapahtuu, kaikki voi kaatua alas - kuin dominopalikat.

Ja teoillamme - tai tekemättömyydellämme - on seurauksia. Ei vain meille itsellemme. Se, mitä teemme, vaikuttaa muihin.

Ja lopulta, kuoltuamme, meidät kaikki otetaan kiinni ja pidetään sielun sieppaajiemme sylissä.

Furiat - kolme pahaa jumalatarta - ottavat sielunpyydystäjät haltuunsa.

Sielun sieppaajat kaapataan.

Sielut lentelevät ympäriinsä ilman kotia.

Kodittomia sieluja.

Kaaos on horisontissa.

Missä sinä seisot?

KAPPALE 17

ROSALIE VALKOISESSA HUONEESSA

Rosalie avasi silmänsä. Oli ruoka-aika, ja hän oli pyytänyt aamiaistarjottimen. Hänen huoneensa oli matkalla ruokasaliin. Kun ruokaa kannettiin sinne, hän haistoi pekonin tuoksun. Se saisi hänen suunsa vuotamaan. Ja kahvi. Hän odotti vuoroaan. Hänellä ei ollut muuta vaihtoehtoa kuin odottaa vuoroaan.

Hän tiesi, että asukkaat ruokittiin mieluummin ruokasalissa. Hän ymmärsi, että aikataulusta oli pidettävä kiinni. Silti hän tiesi, että he pääsisivät hänen luokseen - lopulta. Niin kävi aina vanhainkodissa, jossa hän asui.

Hän katseli kardinaalia ikkunansa ulkopuolella olevassa puussa ja harkitsi nousevansa sängystä katsomaan sitä tarkemmin. Mutta kun hän heitti peiton takaisin ja astui matolle - hänestä tuntui oudolta. Pörröinen.

Ja laskeutui Valkoiseen huoneeseen.

Mikään ei ollut muuttunut sen jälkeen, kun E-Z oli ollut siellä. Eikä kestänyt kauan, ennen kuin Rosalie löysi jalkansa ja alkoi tutkia.

Kun hän juoksutti sormiaan pitkin kirjahyllyjä, hänelle tuli déjà vu -tunne. Oliko hän ollut tässä huoneessa ennenkin?

Hän siirtyi huoneen keskelle ja kääntyi ympäri. Kirjahyllyt jatkuivat ja jatkuivat. Niin pitkälle kuin silmä näki. Niiden korkeus sai hänet huimaamaan, ja hän halusi istua alas ja hengähtää.

BINGO

Mukava tuoli ilmestyi, ja hän laskeutui siihen. Hän nojautui taaksepäin, ja sitten hän tajusi, että tuolissa oli pyörät ja että sitä saattoi pyörittää, ja käänsi sitä. Ja käänsi sitä. Sitten hän sulki silmänsä ja lepäsi. Hän oli iloinen, ettei ollut vielä syönyt aamiaista, sillä hänen vatsansa oli hieman levoton, kun hänen yläpuolellaan liikkui jotain.

Vai oliko hän kuvitellut sen.

"Sinä siellä!" hän huusi osoittaen mitään eikä ketään. "Näin sinun liikkuvan, sinä, sinä pieni... mikä ikinä oletkaan, tule esiin, tule esiin", hän kehui.

Päätettyään, että hän oli kuvitellut sen, hän palasi tutkimaan ympäristöään. Ja ihmetteli, miten hän oli joutunut tähän paikkaan.

"Olenko taas huoneessani ja kuvittelen olevani tässä paikassa?" Hän kaivautui kynsillään tuolin käsinojiin. Hän katseli, kuinka ne raapivat jälkiä nahkapintaan. Jäljet olivat kevyitä naarmuja, tarpeeksi kevyitä poistettaviksi pienellä hankauksella. Hänhän oli vieras, ja vieraiden pitäisi aina pitää huolta paikasta, jossa he vierailevat. Muuten heitä ei pyydettäisi enää takaisin.

Hänen yläpuolellaan liikkui taas jotain. Tällä kertaa sitä säesti siipien räpyttelyn ääni. Oliko lintu jumissa siellä ylhäällä, eikä päässyt ulos?

"Olen tulossa, pikkuinen", hän sanoi, nousi ylös ja käveli kohti tikkaita.

Puurakenne, aivan kuin se olisi osannut lukea hänen ajatuksiaan, vieri lattian poikki ja pysähtyi hänen jalkojensa juureen.

"Hyppää kyytiin!" se sanoi.

Rosalie teki niin, ja vasta kun se itse liikkui, hän tajusi, että olio oli puhunut hänelle.

"Kiitos", hän sanoi, kun se pysähtyi.

"Eipä kestä", tikkaat sanoivat. "Onko sinulla jokin tietty kirja, jota etsit?"

Rosalie nauroi. "Luulin kuulleeni linnun. Shhhh."

Tikkaat nauroivat. "Täällä ei ole lintuja, rouva. Ääni, jonka kuulette, tulee kirjoista."

"Kirjoista, joilla on siivet?" "Kyllä", tikkaat vastasivat. Sitten: "Sinä siellä! Tule tänne!"

Rosalie katsoi, kun paksu musta kirja työntyi hyllyn reunalle. Sitten sen etu- ja takapuolelta versoi siivet. If lensi alas ja laskeutui Rosalien käsiin.

"Voi ei!" hän sanoi ja katsoi selkämystä. "Luulen, että olen jo lukenut tämän."

DWOING.

Kirja repesi hänen käsistään ja palasi takaisin alkuperäiselle paikalleen hyllylle.

"Olen pahoillani", Rosalie sanoi. Sitten tikkaille: "Toivottavasti en loukannut herra Dickensiä."

"Jos olet nyt saanut tarpeeksesi minusta", tikkaat sanoivat, "saanko ehdottaa, että hyppäät pois?"

"Olen pahoillani, että tuhlasin aikaanne", hän sanoi.

"Ette ole. Olen mielelläni palveluksessanne."

Rosalie astui alas, ja tikkaat kiipesivät huoneen toiselle puolelle.

Rosalie tunnusteli otsaansa, ei, hänellä ei ollut kuumetta. Hänen verensokerinsa oli varmaan laskenut liian alas. Ja nyt hän ei saisi syödä, ei tuntikausiin. Ja se varas Agnes Lindsay varastaisi hänen aamiaisensa. Hän hiipisi hänen huoneeseensa ja söisi siitä kaiken. Kun hoitajat palaisivat hakemaan tarjottimen, he luulisivat Rosalien syöneen sen. Rosalie ja Agnes olivat vannoutuneita vihollisia.

Saadakseen ajatuksensa pois vatsan murinasta Rosalie keskittyi kirjoihin. Erityisesti yhteen kirjaan. Kirjaan, jota hän oli rakastanut lukea yhä uudelleen ja uudelleen ollessaan pikkutyttö. Sen nimi oli Anne of Green Gables, jonka oli kirjoittanut... Hän ei muistanut kirjailijan nimeä.

"Lucy Maud Montgomery", tikkaat sanoivat, kun se kiersi hänen vierelleen. "Hyppää yksi", se sanoi.

"Ah, kiitos tarjouksesta, mutta olen liian nälkäinen ja ehkä liian huimaantunut kiipeämään päällenne."

"Kiitos."

"Istu alas", tikkaat sanoivat, "tuonne." Silloin tikkaat vihelsivät ja korkealla hyllyjen päällä liikkui kirja eteenpäin. Se versoi siivet etu- ja takapuolelleen ja lensi Rosalien käsiin. Hän halasi sitä rintaansa vasten.

"Kiitos", hän sanoi.

"Oliko siinä kaikki?" tikkaat kysyivät.

"Kyllä, ellei sinulla ole ylimääräisiä lukulaseja piilossa jossakin tässä huoneessa."

BINGO.

Hänen silmälasinsa ilmestyivät ja istuivat täydellisen suorina hänen nenälleen.

Tikkaat palasivat entiselle paikalleen.

Rosalien nilkkoihin sattui.

BINGO.

Hänen jalkojensa alla pamahti jalusta.

Hän avasi kirjan. Sisällä oli luonnos kirjan nimihenkilöstä Anne Shirleystä. Hän kuljetti sormensa pitkin pienen orpotytön punaisen tukan ääriviivoja.

Anne iski silmää Rosalielle. Tämä räpäytti silmiään ja hymyili sitten takaisin. Hän oli kuullut vuorovaikutteisista kirjoista ennenkin, mutta tämä vei voiton!

Vapisevin käsin hän avasi Kanadan kartan, ja hänen silmänsä seurasivat nuolia, jotka johtivat Prinssi Edwardin saarelle. Mielessään hän käveli matkan -

ja saapui Green Gablesiin. Talon ulkopuolella olivat Cuthbertit. He odottivat Annea.

Hän käänsi sivua ja alkoi lukea. Hän nauroi samalla jokaiselle pulmalle, johon Anne joutui.

Sitten Rosalien vatsa kolisi, ja hän toivoi jotain hyvin epäaamiaismaista. Hyytelösalaattia. Jotain, mitä hänen äitinsä teki hänelle aina pienenä tyttönä erityisiin tilaisuuksiin. Hänen lempiosansa oli kermavaahto päällä.

BINGO.

Hänen edessään oli hyytelösalaatti sateenkaarella, jonka päällä oli loraus kermavaahtoa. Hän ajatteli, että lusikka ja

BINGO.

Yksi ilmestyi. Mutta sitten hän muisti, miten hänen äitinsä ja isänsä olisivat moittineet häntä, jos hän olisi syönyt jälkiruokansa ensin. Hän ajatteli perunamuusia. Höyryävän kuumaa, jonka päällä oli sulavaa voita. Ja lihamureketta ketsupin kanssa. Ja juuri puutarhasta poimittuja herneitä.

BINGO.

Hänen edessään oli valtava kulho perunamuusia. Voi oli sulanut reunoille. Se oli taideteos. Se näytti melkein liian hyvältä syötäväksi.

Sen vieressä oli neliö lihamureketta, jonka päällä oli ketsuppia.

Ja erillisessä kulhossa oli herneitä. Päälle oli laitettu minttu.

Hän hymyili. Pienenä tyttönä hän ei pitänyt siitä, että hänen ruoka-aineensa koskisivat. Tässä huoneessa kokki tiesi, mistä hän piti.

Mutta kokki oli unohtanut antaa hänelle ruokailuvälineet. Hän kuvitteli veitsen ja haarukan.

BINGO.

Ne saapuivat myös. Hän söi ahnaasti. Varovasti, ettei Anne of Green Gables vahingoitu. Kirja, joka tunsi suojelun tarpeen, lensi ylös ja leijui ilmassa, jossa Rosalie pääsi helposti siihen käsiksi.

Rosalie söi kaiken, myös hyytelösalaatin, joka heilui lusikalla.

Kun hän oli syönyt

BINGO

astiat, ruokailuvälineet jne. katosivat.

Muutaman hetken kiiteltyään saamastaan ruoasta Rosalie katsoi kirjaa.

If lensi hänen luokseen, ja hän jatkoi lukemista.

Lukeminen ja odottaminen.

Mitä tai ketä hän odotti - hän ei tiennyt.

KAPPALE 18

CHARLES DICKENS

Lontoon kaupungissa Englannissa taivaalta putosi metallisäiliö.

Itse säiliö ei ollut pitkä eikä siilomainen. Itse asiassa se muistutti lähinnä kapselia. Erona oli se, että tämä esine oli neliön muotoinen eikä siinä ollut ikkunoita. Ikkunoiden sijaan se oli peilattu kaikilta sivuilta. Koska se oli myös litteä, kun se osui veteen, se liukui sen poikki valtavalla voimalla. Se laskeutui Thames-joen rannalle.

Kaksi etsivää, joiden nimet olivat John ja Paul, seurasivat tapahtumia. Molemmat miehet olivat kolmekymppisiä. He ansaitsivat elantonsa etsinnän tuotoilla. Siksi heitä pidettiin ammattilaisetsivinä.

Etsijöiden työajat vaihtelivat. He olivat itsenäisiä ammatinharjoittajia ja vastuussa työkalujensa ylläpidosta ja hallinnasta.

Etsivä tarvitsi monia työkaluja. Hän ei halunnut lähteä kaivauksille valmistautumattomana. Useimmat kuljettivat työkalulaatikkoa kaikkialla mukanaan. Sen sisällä oli välttämättömiä tarvikkeita. Vain muutamia mainitakseni: kuulokkeet, sadesuojat, valjaat, kaivutyökalut, lastat, työkaluvyö, esiliina (taskuilla), vedenpitävä pussi, reppu, roskapussi.

Suurin osa Johnin ja Paulin kaivauksista oli Lontoossa, Thamesin varrella. Lain edellyttämällä tavalla heillä oli mukanaan Standard- ja Mudlark-luvat. Luvat myönsi Port of London Authority.

Lupa antoi heille luvan kaivaa tarvittaessa 7,5 cm:n syvyyteen asti (tikkaat olivat välttämättömät riippumatta siitä, aikoiko kaivaa vai ei).

Neliönmuotoisen esineen - joka oli laskeutunut heidän eteensä - kohdalla oli pohdittava asiaa. Ennen kuin he hakivat sen ja tekivät siitä vaatimuksen.

"Haluatko katsoa lähemmin?" Paul kysyi.

John, joka ei sanonut juuri mitään, nyökkäsi.

He raahautuivat eteenpäin, työkalut kädessä. Heidän saappaansa liikkuivat ja litistivät, ja mutaa ja vettä tuli joka askeleella. Joen ranta oli usein hyvin likainen, kun oli satanut useita päiviä.

"Vaatimus!" Paul sanoi.

"Hyvä on", John sanoi.

Vaikka he molemmat olivat nähneet sen täsmälleen samaan aikaan, hän tiesi, että se oli vaatimus myös hänen puolestaan. He olivat kumppaneita, olivat aina olleet, eikä mikään voisi koskaan muuttaa sitä.

Molemmat polkivat eteenpäin, kunnes he pääsivät perille. Se oli kuin neliönmuotoinen peilipallo, ja kun he yrittivät tutkia sitä, he näkivät siinä vain omat heijastuksensa.

"Tarvitsen hiustenleikkuun", John sanoi.

Paul pilkkasi, kun hän kosketti saappaansa varpaalla sen sivua. "Täytyyhän sen jotenkin saada auki", hän sanoi.

"Se on liian iso, jotta voisimme kääntyä sen yli", John sanoi ottaessaan taskustaan mittanauhan ja mitatessaan toisen sivun korkeuden. Hän näytti tuloksen Paulille, jossa luki: 60 senttimetriä.

He kävelivät esineen ympäri. Pysähtyivät naputtelemaan, naputtelemaan silloin tällöin. Varoen, etteivät likaiset sormenjäljet jäisi peilikuvioiseen esineeseen. Mutta toivoen, että he koskisivat salaista nappia ja saisivat sen auki.

Ja kuuntelivat. Varmistaakseen, ettei se tikitä.

"Ehkä meidän pitäisi viedä se museoon tai ilmoittaa löydöstämme?" Paul ehdotti. "He lähettäisivät kuorma-auton tai nosturin hakemaan ja kuljettamaan sen. Sen jälkeen kun pommiryhmä on vilkaissut sitä."

John pudisti päätään.

"Jos he lähettävät pommiryhmän paikalle, he räjäyttävät sen. Rikkinäistä lasia on kaikkialla, ja meidän vaatimuksestamme ei ole mitään hyötyä."

"Totta, totta", Paul sanoi. "Nuo tyypit rakastavat räjäyttää asioita. Eikö se olekin etu?"

"Niin kai. Mitä meidän pitäisi nyt tehdä? Se ei tikitä. Olemme selvillä sen suhteen."

"Niin. Ei tarvita ryhmää", Paul sanoi. Hän käveli kohteen ympäri, kädet selän takana. Se oli hänen ajattelukävelynsä. John seurasi hänen perässään, samassa tahdissa hänen askeleitaan, kädet selän takana.

Paul sanoi: "Meidän on selvitettävä, mikä se on ja kuinka vanha se on. Meidän täytyy vaatia vain tiettyjä asioita vuoden 1996 aarrekirjalain mukaan. Se ei näytä kullalta tai hopealta, eikä se todellakaan näytä yli kolmesataa vuotta vanhalta. Tämä löytö saattaa olla meidän ja vain meidän, eli meidän ei ehkä tarvitse ilmoittaa siitä paikalliselle FLO:lle (löytöjen yhteyshenkilö).

"Ei todellakaan ole kultaa tai hopeaa", John sanoi, koputti metalliesineeseen ja kuunteli. Se kuulosti ontolta. Hän koputti sitä muutamaan kohtaan ja kuunteli.

Niiden yläpuolelle ilmestyi kaksi valoa.

Toinen oli vihreä ja toinen keltainen.

Ne laskeutuivat esineen päälle.

"Hus!" Paul sanoi.

"Olemmeko tulossa hulluiksi?" John kysyi raapien päätään.

"Enpä usko", Paul vastasi.

Valot nousivat ja leijuivat ympäriinsä. Molemmat putosivat kontin juurelle. Kun ne asettuivat paikoilleen, valot nostivat sen ylös ja pitivät sen paikallaan. Sekuntia myöhemmin se alkoi kääntyä, ensin hitaasti, sitten nopeammin. Pian se pyöri huimaa vauhtia. Kun se pyöri, se alkoi laulaa korkealla äänellä.

Etsijät lankesivat polvilleen ja peittivät korvansa käsillään. Heidän kehoaan vaivasi pahoinvointi, joka muistutti merisairautta. Ja he pelkäsivät kovasti.

"Mitä tapahtuu?!" John huusi.

"Luulen, että otus kuoriutuu!" Paul vastasi.

Kun säiliö putosi maahan, se sykähti. Värähteli. Vapisi. Kun peilattu laatikko haukotteli auki, osa siitä laskeutui alas kuin nostosilta ruohoiselle jokirannalle.

"Arrrgggggh!" detektoristit huusivat.

He odottivat katsellen sormiensa välin läpi. He eivät enää olleet kiinnostuneita ottamaan sitä haltuunsa. He eivät olleet enää kiinnostuneita sen arvosta.

Ulos astui nuori poika.

"Se on lapsi", Paul sanoi ja nousi seisomaan.

Myös John nousi ja nosti kätensä lanteilleen.

"Odota", Paul sanoi. "Hän on pukeutunut kuin joku Oliver Twistin lapsista."

"Minä olen uudestisyntynyt", poika huudahti, kippasi lakinsa ja palautti sen sitten takaisin päähänsä. Hän venytteli, haukotteli ja tarkasteli sitten ympäristöään. "Katsokaa, tuolla! Parlamenttirakennukset. Ne ovat muuttuneet siitä, kun viimeksi näin ne. Ja kuunnelkaa", hän sanoi, kun kello löi kerran, kaksi kertaa kolme kertaa. "Miksi Suuri kello on laitettu häkkiin?" hän kysyi.

"Miten niin häkkiin? Ja sen nimi on Big Ben", Paul sanoi. "Ja miksi sinä olet pukeutunut noin? Oletko osallistumassa naamiaisiin?"

Poika taputti liivinsä etuosaa. Hän tarkisti, että hänen liivinsä oli kokonaan napitettu ja että hänen housujensa lahkeet olivat kokonaan alhaalla. Hän oli tottunut käyttämään lyhyitä housuja, ja pidemmät housut halusivat aina nipistää. Hänen päässään oli hattu, jonka hän otti pois ennen kuin puhui uudelleen.

"Tiedätkö tien Portsmouthiin?" hän kysyi. "Äiti ja isä ovat huolissaan minusta."

Etsijät katsoivat toisiaan, mutta kumpikaan ei puhunut. Kerrankin elämässään he olivat sanattomia.

"Minä lähden", poika sanoi ja laittoi hattunsa takaisin päähänsä.

POP.

POP.

Hadz ja Reiki saapuivat paikalle, ja estetty lensi suoraan nuoren pojan silmien eteen.

"Charles Dickens, sinun täytyy pysyä näiden kahden miehen kanssa. He vievät sinut sinne, minne sinun on mentävä. Sinun täytyy olla E-Z:n kanssa."

"Mitä he sanoivat?" John sanoi hieroen korviaan. "Taidan tulla hulluksi."

"He sanoivat, että hän on Charles Dickens. Charles Dickens! Ja meidän pitäisi auttaa häntä pääsemään

E-Z:hen, kuka hän sitten onkin, kun hän on kotona", Paul vastasi.

Charles Dickens. SE Charles Dickens. Muuten tunnettu E-Z:n ja Samin kaukaisena sukulaisena... Kippasi hattunsa kahta keijukaismaista olentoa kohti. "Minulla oli kerran Grimmin kirja, jonka kannessa oli keiju. Tunnetteko te hänet?" hän kysyi.

Hadz ja Reiki kikattavat ja katosivat sitten.

POP

POP.

Charles Dickens laittoi hattunsa takaisin: "Lähden Portsmouthiin." "Olen lähdössä Portsmouthiin." Hän lähti kävelemään.

"Ei, et ole", dekkaristit sanoivat yhteen ääneen.

"Totta kai olen", hän sanoi.

"Portsmouthiin on pitkä matka", John sanoi.

Heidän takanaan peilikuutio alkoi täristä ja kolista. Sitten se puhui: "Tämä cybus autem speculatam tuhoaa itsensä 5, 4, 3, 2, 1, 0:ssa."

Detektoristit kaatuivat maahan ja peittivät päänsä käsillään.

POOF.

Ja se oli poissa.

"Vau!" Dickens sanoi. Sitten hän osoitti kohti London Eyea. "Mikä ihme tuo on?" hän kysyi.

Etsijät juoksivat Charlesin eteen. Näyttivät tietä ja raivasivat polkua. Kuin kaksi jalkapallopuolustajaa he pitivät hänet turvassa. Väistellen polkupyöriä, jalankulkijoita ja kulkukoiria. Ohjasivat hänet muille poluille välttääkseen raitiovaunut, taksit ja skootterit.

"Sen nimi on London Eye, ja sieltä näkee kilometrejä ja kilometrejä."

"Olisiko mahdollista, että pääsisimme pian syömään jotain?" Charles kysyi hieroen vatsaansa.

"Miksette tulisi meidän luoksemme ja joisi ensin kupin teetä", Paul kysyi. "Äitini tekee hyvää teetä, ja hän saattaa laittaa mukaan jopa keksin tai kaksi."

"Kuulostaa hyvältä", Dickens sanoi. "Sitten minun on lähdettävä kotiin. Äiti ihmettelee, missä olen. Minun ei pitäisi olla ulkona myöhään, ja ottaen huomioon, missä aurinko on, se varmaan laskee pian."

Kun he lähestyivät Convent Gardensia, Dickens huomasi muistolaatan. "Katso tätä", hän sanoi. "Nimeni on kirjoitettu tähän."

John ja Paul katsoivat Charles Dickensiä.

"Mitä?" hän sanoi.

"Sinusta tulee kaikkien aikojen kuuluisin brittiläinen kirjailija", John sanoi. "Ja Oliver Twist on yksi kuuluisimmista hahmoistasi."

"Niinkö?" Charles kysyi.

"Niin on", Paul sanoi. "Enkä halua loukata sinua tai mitään, mutta tiedätkö, William Shakespeare on myös aika kuuluisa", Paul sanoi.

"Shakespeare oli näytelmäkirjailija. Kirjoitinko minä näytelmiä?" Charles kysyi.

"En, sinä kirjoitit romaaneja. No sitten olit ehkä oikeassa."

He saapuivat Paulin kotiin. "Äiti, tässä on Charles Dickens", hän sanoi.

Hän oli keittiössä, yllään pinny (esiliina), ja hän pyyhki kätensä sen etuosaan ennen kuin kätteli Charlesia.

"Oletko sukua sille Charles Dickensille?" Paulin äiti kysyi.

"Mukava nähdä sinua taas", John sanoi vaihtaen puheenaihetta. "Saanko olla niin epäkohtelias, että pyydän kupin teetä leivän ja voin kera?"

"Menkää te kolme sisään ja istukaa, minä tuon sen heti", äiti sanoi ja ajoi heidät ulos keittiöstään.

He asettuivat etuhuoneeseen. Paul istuutui lähelle ikkunaa, jotta hän saattoi katsoa ulos verkkoverhojen läpi.

Sillä välin John ja Paul ajattelivat samalla tavalla. Kuinka he olivat löytäneet Charles Dickensin ja kuinka he voisivat tehdä siitä vähän rahaa.

Paul etsi, Milloin Charles Dickens kuoli Charles Dickens kuoli? Vastaus: Kun Dick Dickens kuoli? 1870. Hän näytti näytön Johnille.

"Miksi halusit mennä Portsmouthiin?" John kysyi.

"Asuin ennen siellä", Charles sanoi.

"Onko sinulla lisää kirjoja?" Paul kysyi. "Tarkoitan kirjoja, joita et ole vielä julkaissut?"

"En tiedä", Charles sanoi. "Olenko kirjoittanut monta kirjaa?"

"Kyllä, olet varmasti kirjoittanut, Charles", John sanoi.

"Onko hyviä?" Charles tiedusteli.

"Luin Oliver Twistin, kun olin poikanen, ja Suuria odotuksia myös. Erinomaisia, mutta vähän pitkiä minun makuuni", Paul sanoi.

"Joululaulu oli hyvä", John sanoi, "Ei liian pitkä ja erinomainen oppitunti."

Huoneessa oli muutaman minuutin ajan hiljaista.

"Minun on löydettävä tämä Ezekiel Dickens - tai kuten ystävät hänet tuntevat, E-Z", Charles sanoi. "En tiedä, mistä tiedän tämän, mutta luulen, että hän asuu Amerikassa." Hän haukotteli ja pystyi tuskin pitämään silmiään auki.

Paulin äiti tuli sisään kantaen tarjottimen täynnä herkkuja. Kaikki söivät kyllikseen, ja pian Charles nukahti tuoliin.

"Ah, pikkuinen nukkuu syvään", Paulin äiti sanoi, kun hän laittoi peiton Charlesin päälle.

"Hän on niin pieni", hän sanoi.

"Mutta hän on yksi suurimmista kirjailijoista."

John puuttui asiaan: "Kirjoittaminen on hänen veressään, joten hänestä saattaa jonain päivänä tulla suuri kirjailija."

Paulin äiti nauroi ja meni sitten yläkertaan huoneeseensa katsomaan vähän televisiota.

Sillä välin Paul ja John keskustelivat siitä, mitä heidän pitäisi tehdä Charles Dickensin kanssa.

"Sääli, ettemme voi pitää häntä", John sanoi.

"En usko, että museo ottaisi häntä vastaan", Paul sanoi.

Molemmat sopivat tekevänsä tutkimusta Charles Dickensistä internetissä.

POP

POP.

John ja Paul tuijottivat eteenpäin kuin nukkuisivat. Vaikka he olivat kaukana. Hadz ja Reiki lauloivat heille laulun, joka meni jotakuinkin näin:

"Charles Dickens on vain poika.

Hän ei ole etsivän lelu.

Auttakaa häntä löytämään serkkunsa Yhdysvalloista.

Tehkää se aamulla tai saatte maksaa!"

Tämä laulu pyöri Johnin ja Paulin päässä, kunnes he tiesivät, mitä heidän oli tehtävä.

"Etsitään E-Z Dickens", Paul sanoi.

"Niin, se on oikein", John sanoi.

POP

POP.

Ja he olivat poissa.

KAPPALE 19

ROSALIE BORED

Rosalie oli kyllästynyt lukemaan Anne of Green Gables -kirjan. Mitä vanhemmaksi hän tuli, sitä vaikeampaa hänen oli keskittyä mihinkään asiaan pitkään.   Hän otti silmälasit pois ja toivoi, että hänellä olisi ollut laventelinvärinen naamari silmiensä peittämiseksi.

BINGO.

Pehmeä naamio, jossa leijaili laventelin tuoksu, peitti valon ja rauhoitti hänen väsyneitä silmiään.

"Ihan kuin täällä olisi taikahenki!" hän sanoi, sulki silmänsä ja vaipui uneen.

Kun hän heräsi jonkin ajan kuluttua ja riisui naamionsa, hän oli taas sängyssään vanhainkodissa. Oliko hän hullu vai oliko hän tehnyt mielessään matkan?

Rosalie tunsi itsensä hieman viluiseksi, mikä johtui luultavasti kylmästä steriilistä ympäristöstä, jossa hän asui. Tiettyinä kellonaikoina päivällä lämpötila laski.

Noihin aikoihin hän huomasi asukkaiden olevan huoneissaan, kun hoitajat siivosivat. Koska he tekivät kovasti töitä, he eivät huomanneet kylmyyttä. Ei niin kuin vanhukset, jotka eivät tehneet mitään.

BINGO.

Vaatekaapin alin laatikko aukesi, ja hänen pehmeä ja pörröinen punainen villapaitansa lensi häntä kohti. Se tasaantui, kun hän laittoi kätensä siihen. Hän käpertyi tuntemaan sen lämmön, kun se napitettiin kiinni.

"Tämä on aika outo tapahtuma", hän sanoi.

Hän istui hiljaa ja haaveili kuumasta teekupillisesta, jossa oli runsaasti sokeria ja maitoa.

BINGO.

Läheiselle pöydälle saapui hieno teekannu, jonka päällä oli kukkia. Kun tee oli haudutettu, se kaadettiin sopivaan teekuppiin, lisättiin kaksi palasokeria ja tilkka maitoa.

"Kolme palaa, kiitos", Rosalie pyysi.

Kolmas kokkare lisättiin.

Teekuppi lautasella leijaili häntä kohti.

"Miten olisi pätkäkeksi tai kaksi?" Rosalie kysyi.

Se pysähtyi ilmaan.

BINGO.

Nyt lautasella oli kaksi pikkuleipäkeksiä.

"Unohdit teelusikan!" "Unohdit teelusikan!"

BINGO.

"Kiitos", hän sanoi miettien yhä, näkikö hän hallusinaatioita ja/tai menetti järkensä.

Tee oli silti kuumaa, ei liian kuumaa. Makea, ei liian makea. Ja se maistui herkulliselta pikkuleivän kanssa.

Kun hän oli siemaissut viimeisenkin pisaran kupista.....

BINGO

Se katosi suoraan hänen kädestään.

Hän ihmetteli, kuinka kauan nämä taikatemput tai hänen mielikuvituksensa temput jatkuisivat. Niin kauan kuin ne kestäisivät, hän nauttisi niistä täysillä.

"Hetkinen!"

Hän muisti kirjan. Sen, jota hän ei halunnut kenenkään pystyvän lukemaan.

"Voisitko sinä", hän kysyi ilmasta, "korjata sen niin, että se toinen, joka voi lukea kirjani." Hän kurottautui laatikkoon ja piti sitä ylhäällä. "Eli ainoat, jotka voivat lukea sitä, minun lisäkseni, ovat Lia, Alfred ja E-Z. Ei kukaan muu. Jos joku muu löytää sen ja selaa sivuja, ne ovat kaikki tyhjiä."

Hän odotti merkkiä. Tai ääntä, mutta sellaista ei kuulunut.

Hän palautti kirjan laatikkoon, kääntyi ympäri ja nukkui taas.

POP

POP

"Nukkuuko hän jo?" Hadz kysyi.

"Luulen niin. Hän kuorsaa!"

"Varo herättämästä häntä. Mutta meidän on tuotava hänet alukseen - siis virallisesti."

"Arkkienkelit antoivat hänelle voimat vahtia Liaa, E-Z:tä ja Alfredia. He tietävät hänestä", Reiki muistutti.

"Se on totta, ja hän on uskollinen noille lapsille. Ja muillekin. Arkkienkelit eivät tiedä heistä yksityiskohtia - ja minusta se on parempi niin."

"Samaa mieltä. Mitä meidän on siis tehtävä. Jotta se olisi niin?"

"Rosalie", Hadz kuiskasi suoraan hänen vasempaan korvaansa. "Sinähän haluat auttaa Liaa, E-Z:tä ja Alfredia, etkö haluakin?"

"Kyllä", Rosalie huokaili.

Reiki puhui. "Entä ne muut? Oletko valmis suojelemaan heitä? Jopa arkkienkeleiltä?"

"Kyllä", Rosalie vastasi.

"Oikein hyvä", Reiki sanoi. "Annetaan nyt hänen muistilleen vauhtia. Emme kai halua, että hän unohtaa, mitä hän on suostunut tekemään?"

Hadz ja Reiki lauloivat laulun,

"Muistot ovat kauniita asioita.

Jotka leijuvat kuin savurenkaat.

Takaisin ja eteenpäin, eteenpäin ja takaisin

Annetaan Rosalien muistojen pitää hänet raiteillaan.

Taika, taika ilmassa ja meressä...

Sitoo sopimuksemme Rosalien kanssa."

POP

POP

Hadz ja Reiki olivat poissa, kun vanha kunnon Rosalie kuorsasi.

KAPPALE 20

COUSINS

Aamulla, Englannissa, vedenkeittimen kiehuessa John ja Paul valmistautuivat. Tietokone oli päällä, ja hakukone oli auki.

"Minä keitän teetä", John sanoi.

"Aloitan kirjoittamisen", Paul sanoi ja näppäili hakupalkkiin Ezekiel Dickensin. "Ai", hän sanoi. "Tuo oli yllättävää."

John saapui kantaen tarjottimella teetä, sokeripaloja kulhossa, kuumaa voilla voideltua paahtoleipää ja purkki marmeladia kyljessä.

"Löysitkö mitään", hän kysyi.

"Katso tätä", Paul sanoi, käänsi näyttöä ja sekoitti sokeripaloja teehensä.

Se oli Kolmen supersankarin verkkosivusto. He katsoivat, kun E-Z esitteli itsensä, ja sen jälkeen Lia ja Alfred.

"Onko tämä laillista?" John kysyi. "He näyttävät kolmelta sarjakuvaverkon hahmolta."

Sitten alkoi vuoristoratapelastuksen uusintaesitys. Paul painoi PAUSE. Hän avasi toisen ikkunan. Hän kirjoitti Amusement Park Rescue E-Z Dickens. Esiin avautui sanomalehti, jossa oli artikkeli asiasta. "Se on totta", hän sanoi.

"Charlesin sukulainen on siis supersankari?"

"Näytämmeköhän me yhtään samannäköisiltä?" Charles kysyi. Hän oli yhä puoliunessa ylisuuressa pyjamassa, jonka he olivat antaneet hänelle nukkumaan. Hän otti lautaselta viipaleen paahtoleipää ja puraisi sitä.

"Teillä molemmilla on Dickensin nenät", John sanoi.

Charles vilkaisi tarkemmin tauolla olevaa osaa.

"Sen perusteella, milloin olette syntyneet", Paul sanoi googlaamalla, "vuonna 1812 nykyhetkeen, E-Z olisi seitsemäs tai kahdeksas serkkusi."

"Mitä tarkoittaa, että serkku on poistettu?"

"Se tarkoittaa sukupolvien määrää välillänne", John sanoi.

"Esi-isäni on siis supersankari. Mikä on supersankari? Onko se kuin Sir Gwain ja Vihreä ritari -elokuvassa?"

"Ah, muistan lukeneeni sen koulussa, kun olin poika, kyllä, ritarit ja supersankarit ovat samanlaisia", Paul sanoi.

John selasi alaspäin nähdäkseen, oliko E-Z Dickens mainittu muualla. YouTubesta löytyi pätkiä, joissa hän pelasi baseballia ennen kuin hän oli pyörätuolissa ja sen jälkeen.

"Hän on melkoinen urheilija", John sanoi. "Ja hän urheilee pyörätuolissa."

"Peli näyttää samanlaiselta kuin Rounders", Charles sanoi.

"Ai niin, tässä on jotain hänen vanhemmistaan", Paul sanoi.

He lukivat E-Z:n vanhempien kuolinilmoitukset onnettomuudesta, joka oli vienyt heidän henkensä.

"Poikaparka", Charles sanoi. "Ainakin hänellä on nyt isänsä veli Sam huolehtimassa hänestä."

"Miksemme vain soita hänelle?" Paul kysyi. Hän avasi puhelimensa ja soitti numeroon tiedotus.

Charles katsoi olkansa yli, kun Paul puhui siihen, ja naisen ääni vastasi. "Tarvitsen kupin teetä", hän sanoi.

John meni keittiöön hakemaan hänelle sellaisen.

Sillä välin Paul kysyi Pohjois-Amerikassa olevan Ezekiel Dickensin numeroa. Kun hän oli valinnut numeron ja puhelin alkoi soida, Paul laittoi sen kaiuttimeen.

"Haloo", Sam sanoi.

Charles melkein pudotti teekuppinsa.

"Äh, hei, nimeni on Paul ja soitan Lontoosta, Englannista. Haluaisin puhua Ezekiel Dickensin kanssa, kiitos."

"Olen hänen setänsä, saanko kysyä, mistä on kyse?" Sam käveli käytävää pitkin E-Z:n huoneeseen.

Kolmikko katseli elokuvaa uudesta taulutelevisiosta. Sam otti kaukosäätimen ja painoi MUTE. Sitten hän laittoi puhelimensa kaiuttimeen.

"Rehellisesti sanottuna en ole ihan varma", Paul sanoi. "En minä halua puhua hänen kanssaan, vaan, no, se on..."

"Minä." Uusi ääni otti puhelimen haltuunsa. Nuoremman ihmisen ääni.

"Ja kuka sinä olet?" Sam kysyi.

"Nimeni on Charles Dickens."

Sam ojensi puhelimen veljenpojalleen. "Hän sanoo, että hänen nimensä on Charles Dickens."

"Sanoinhan, että tänään tapahtuisi jotain outoa", Alfred sanoi.

"Niin minäkin", Lia sanoi, "mutta en tiennyt, että siihen liittyisi Charles Dickens!" "Niin minäkin", Lia sanoi, "mutta en tiennyt, että siihen liittyisi Charles Dickens!"

E-Z epäröi ennen kuin sanoi: "Tämä on E-Z Dickens, öö, herra öö, Charles. Miten voin olla avuksi?"

Charles nauroi. Se oli hermostunut nauru. Hän ei tiennyt, mitä sanoa. Hän ei ollut ennen puhunut kenellekään, joka oli toisella puolella maailmaa.

"Tulin takaisin", hän puuskahti. "Löytääkseni sinut. John ja Paul, ystäväni, ovat (hän kuppasi kätensä puhelimen päälle) - etsiviä..."."

E-Z ei ollut ennen kuullut termiä detektoristit.

"He käyttävät laitteita löytääkseen tavaroita", Alfred sanoi.

Paul otti ohjat käsiinsä. "Jokin juttu laskeutui jokeen. Charles Dickens oli siinä. Kaksi valoa, yksi vihreä ja yksi keltainen, kertoivat, että Charlesin piti ottaa yhteyttä E-Z Dickensiin."

"Millainen kapistus?" E-Z kysyi. "Oliko se kuin siilo?"

"John tässä", uusi ääni sanoi. "Ei, se oli kuutio. Peilikuutio."

E-Z kuppasi kätensä puhelimensa päälle: "Ei kuulosta sellaiselta siilolta."

"Lähettivätkö enkelit sinut?" Lia puuskahti. sanoi "Minä olen muuten Lia ja toinen ääni jonka kuulit oli Alfred. Olemme täällä yhdessä E-Z:n ja Samin kanssa."

"Hauska tavata teidät kaikki", Charles sanoi.

"Kuinka vanha sinä olet?" E-Z kysyi.

"Noin kymmenen, luulisin. Onko totta, että olemme serkkuja?"

"Kyllä", E-Z sanoi, "ja Sam-setä on myös sinun serkkusi."

"Meidät yhdistää avaruus ja aika", Charles sanoi.

"E-Z on myös kirjailija", Sam sanoi.

E-Z säikähti, ja hänen poskiaan kuumotti.

Sam tönäisi kyynärpäällä veljenpoikaansa takaisin todellisuuteen.

"Tämä on paljon käsiteltävää, herra Dickens, öö, tarkoitan Charles. Meidän on suunniteltava, miten saamme sinut tänne, joko niin tai sitten voin tulla luoksesi. Voitko jäädä Johnin ja Paulin luokse vähäksi aikaa, ja otamme yhteyttä, kunhan olemme keksineet, mitä teemme?"

Paul sanoi: "Kyllä, äiti sanoo, ettei Charlesista ole mitään vaivaa. Hän voi asua luonamme niin kauan kuin haluaa."

"Soitan sinulle takaisin", E-Z sanoi.

Puhelin katkaisi yhteyden.

"Ai niin, muuten", Sam sanoi, "Ardenin kovalevyllä ei ollut mitään hyödyllistä. Muuta kuin vahvistus siitä, että he olivat yhdessä verkossa pelaamassa moninpeliä."

"Hyvä tietää", E-Z sanoi, sen verran hän oli jo itse tajunnut.

KAPPALE 21

ROSALIE JA SUUNNITELMA

Huoneessaan E-Z, Lia ja Alfred sekä Sam-setä keskustelivat käymästään keskustelusta.

"En voi uskoa, että oikea Charles Dickens soitti meille puhelimessa", Sam sanoi.

"Niin, mutta sitä en tajua, miksi hän on täällä. Ja missä hän on tullut tänne", E-Z sanoi. "Tarkoitan, että hän on kymmenvuotias - hän ajattelee. Ja hänen kulkuvälineensä kuulostaa oudolta, peilattu nelikulmainen laatikko. Mitä hittoa se oikein on?"

"Se ei kuulosta avaruusalukselta", Alfred sanoi, "Ei sillä, että tietäisimme, miltä sellainen näyttäisi."

"Hetkinen!" Lia sanoi.

E-Z katsoi häntä. "Ajatteletko samaa kuin minä?"

Lia nyökkäsi.

"MITÄ?" Alfred tiedusteli.

"Muistatko, kun arkkienkelit kutsuivat meidät koolle kertoakseen, että toisen meistä oli kuoltava?" Lia kysyi.

Alfred ja E-Z nyökkäsivät.

"Ajattele säiliötä. Aivan kuin olisit taas siinä ja muistaisit ne tavarat, jotka löysimme. Paperit, jotka löysimme?"

"Ymmärrän, mitä tarkoitat. Tarkoitat tuonpuoleista tietoa. Elämästämme vaihtoehtoisissa ulottuvuuksissa?" E-Z kysyi.

"Juuri niin", Lia sanoi.

Alfred pomppi sängyllä ylös ja alas.

"Mitä?" Sam kysyi.

E-Z selitti niin hyvin kuin pystyi.

"Katsotaanpa, ymmärsinkö oikein", Sam sanoi. "Meillä kaikilla on elämä käynnissä, jossain muualla kuin täällä. Tarkoitan siis maan päällä. On olemassa muita versioita itsestämme, jotka elävät elämää meidän elämämme lisäksi. Eri aikoina, eri tiloissa, eri ulottuvuuksissa"

"Aivan oikein", E-Z sanoi.

"Voimmeko sitten muuttaa elämäämme?" Sam kysyi. "Tarkoitan, muuttaa lopputulosta? Voimmeko estää kauheita asioita tapahtumasta?"

"En usko", Lia sanoi. "Mutta en tiedä, kuinka paljon he haluavat meidän tietävän muista ulottuvuuksista. Mutta sen perusteella, mitä Eriel kertoi meille, me olemme keskus. Kaikki muu, mitä tapahtuu, pyörii meidän ympärillämme ja sen elämän ympärillä, jota nyt elämme."

"Joten", Alfred sanoi, "Charles Dickensin täällä ololla on oltava jotain tekemistä Erielin ja muiden kanssa." "Niinpä", Alfred sanoi.

"Niin minäkin ajattelen", E-Z sanoi. "Mutta miksi juuri nyt? Oikeudenkäynnit ovat päättyneet. Se oli heidän valintansa. Silti he eivät tunnu voivan jättää minua rauhaan."

"Tuodaan Charles Dickens takaisin. Ja vieläpä kymmenvuotiaan version hänestä! Siinä ei ole minusta mitään järkeä", Lia sanoi.

"Ehkä kun tapaamme hänet", Sam sanoi, "kaikessa on järkeä."

"Ei, jos siihen liittyy Eriel", E-Z sanoi. "Hänen kanssaan mikään ei ole suoraviivaista."

"Näyttää siltä, että matka Lontooseen on ainoa keino saada se selville", Sam sanoi.

"Tuntuu kuin en olisi ollut siellä niin kauan sitten."

"Niin, sinun on helppo lähteä. Sinun tarvitsee vain suunnata tuolisi oikeaan suuntaan ja voit lähteä", Alfred sanoi. "Kun taas minun kohdallani kaikki tuo räpyttely vaatii paljon energiaa, ja tuuli vaikuttaa asiaan."

"Voisit hypätä lentokoneeseen, jos setä Samuli lähtisi mukaan", E-Z ehdotti. "Sinun tarvitsisi vain istua muiden matkustajien kanssa ja nauttia matkasta."

Alfred pudotti päätään.

"En sano sitä saadakseni sinut tuntemaan olosi huonoksi. Muistutan vain, että olemme kaikki samassa veneessä."

"Ymmärrän sen. Ja kiitos."

"Okei, palataan nyt asiaan", E-Z lisäsi. Hän napsautti television pois päältä.

Lia tuijotti eteenpäin kuin transsissa. "Rosalie!" hän huudahti.

"Kuka?" Alfred kysyi.

Lia jatkoi tyhjyyteen tuijottamista.

"Onko Lia kunnossa?" Sam kysyi. "Hän tuskin hengittää."

Lia nousi seisomaan. "Minulla on jotain kerrottavaa. Olen tavannut erään henkilön, en henkilökohtaisesti vaan päässäni. Hän on päässäni ja olen puhunut hänelle jo jonkin aikaa. Hän pyysi minua olemaan sanomatta mitään - vielä. Luulen, että tämä saattaa liittyä tähän Charles Dickensin reinkarnaatiojuttuun."

"Me kuuntelemme", E-Z sanoi ja kumartui lähemmäs.

"Hänen nimensä on Rosalie. Hän asuu vanhainkodissa Bostonissa - ja hän on aika vanha. Hänellä on dementia."

"Eikö se ole se, joka aiheuttaa muistin menetyksen?" Alfred kysyi.

Mutta heti kun Rosalie kuuli Lian mainitsevan nimensä, hän siirtyi mielessään ja ruumiissaan E-Z:n huoneeseen. Hän leijui heidän yläpuolellaan ja kuunteli tarkkaan jokaista sanaa, joka sanottiin. Hän raotti kurkkuaan nähdäkseen, näkivätkö tai kuulivatko he hänet - he eivät nähneet tai kuulleet. Hän toivoi, että olisi ottanut mukaan muistikirjansa ja kynänsä.

BINGO.

Molemmat saapuivat hänen käsiinsä. Hän hymyili ja ryhtyi tekemään muistiinpanoja.

"Tarkoitatko, että te kaksi olette yhteydessä toisiinne - ESP:n kautta?" Alfred kysyi. "Luulin, että olin ainoa, jolla oli ESP?"

"Se ei ole varsinaisesti ESP, en usko. Ei sillä tavalla kuin sinulla on sitä."

"Miten niin?" Alfred tiedusteli.

"Rosalien muistot ovat poissa. Suurin osa niistä ainakin. Hän ei edes tunnista perhettään, kun he tulevat käymään hänen luonaan. He eivät käy usein. Hän ei välitä siitä, koska ei pidä heistä. Mutta jotenkin me saimme yhteyden. Ja hän tiesi kaiken meistä ja voimistamme. Hän on tavallaan pitänyt meistä huolta."

"Miksi kerrot meille tämän nyt?" E-Z kysyi.

"Koska hän sanoi, että se on ok. Ja hän mainitsi myös Valkoisen huoneen. Hän ei ole käynyt siellä kerran vaan kahdesti. Ensimmäisellä kerralla hänet palautettiin turvallisesti sänkyynsä - mutta ei tällä kertaa. Hän sanoo olevansa siellä nyt, eivätkä he päästä häntä kotiin."

"Kuten te molemmat tiedätte, olen ollut Valkoisessa huoneessa", hän sanoi. "Siellä arkkienkelit antoivat ensimmäisen kerran lupauksia ja sanoivat, että saisin olla taas vanhempieni kanssa. Periaatteessa siellä he toivat minut alukseen käyttäen kokeita."

Sam lisäsi: "Eriel kidnappasi minut kerran Valkoiseen huoneeseen. Se oli ihan mukavaa, ainakin aluksi - kunnes hän ei antanut minun lähteä."

"Niin", E-Z sanoi, "Eriel on tahditon. Ja se on aika siisti paikka. Siellä saa mitä vain pyytämällä ajatuksella - kuten taikuutta. Ja siellä on kirjoja - kirjoja, joissa on siivet. Mutta en halua mennä tässä liian pitkälle - keskitytään Rosalieen. Mitä nyt tapahtuu?"

Rosalie naurahti ja ajatteli, mitä jos hän kertoisi Lialle olevansa kahdessa paikassa yhtä aikaa? Ei, se saattaisi säikäyttää heidät. Hän jutteli Lian kanssa päässään ja kertoi matkan varrella muutaman valkoisen valheen.

"Hän sanoo teeskentelevänsä nukkuvansa. Hän muistaa, että hänen silmiensä edessä leijuu kaksi pistettä, yksi vihreä ja yksi keltainen."

"Hadz ja Reiki", E-Z sanoi. "Sano hänelle, ettei hänen tarvitse pelätä niitä. He ovat hyviä tyyppejä."

Ah, Rosalie huokaisi. Sitten hän tajusi, että tämä saattoi olla tilaisuus, jota hän oli odottanut. Kertoa Kolmelle muista. Hän mietti tarkkaan ja päätti sitten, että oli aika kertoa, mitä hän tiesi.

"Odota, hän haluaa, että kerron sinulle jotain." Lia tuijotti eteenpäin, kun Rosalien ääni virtasi hänen huuliensa välistä: "On muitakin kaltaisiasi, olen nähnyt heidät. Luulen, että siksi olen täällä."

"Muita, kuten me?" Lia, Alfred ja E-Z huudahtivat.

"En ole varma, kuinka paljon minun pitäisi kertoa heille muista täällä olevista lapsista. Onko teillä mitään neuvoja minulle? Mitä minun pitäisi sanoa? Satuttavatko he minua? Jos kerron heille muista lapsista - satuttavatko he heitä?" Rosalie sanoi Lian kautta.

"Sinun vuorosi, E-Z", Lia sanoi omana itsenään.

"Kuuntele ensin, mitä heillä on sanottavaa", E-Z sanoi. "He kertovat sinulle, mitä he jo tietävät, ja sitten voit päättää, kuinka paljon, jos ollenkaan, heidän tarvitsee tietää lisää."

"Hyvä neuvo", Alfred sanoi. "Ole aina hyvä kuuntelija. Varsinkin kun sinua pidetään vastoin tahtoasi vieraassa paikassa."

Lia tarjoutui: "Pidän kaverit täällä ajan tasalla, jos haluat meidän pysyvän linjoilla - niin sanotusti."

Rosalie puhui käyttäen Lian suuta omana suunaan: "Minun on pidettävä kaikki kykyni tallella... joten sanon toistaiseksi loppu. Kiitos sinulle ja porukalle avusta. Otan yhteyttä, jos tarvitsen teitä täällä ollessani. Muuten kerron sinulle kun olen taas kotona, joka on pian, koska minulta puuttuu päivällinen. Tänään on kalkkunaa, perunamuusia ja herneitä." Hän epäröi. "Ai niin, ja muuten Lia, sinulla on kaunis toppi päälläsi."

BINGO.

"Kiitos", Lia sanoi ja katsoi alas t-paitaansa ihmetellen, mistä Rosalie tiesi, mitä hänellä oli yllään.

"Mitä?" E-Z kysyi.

"Ei mitään", Lia sanoi.

Takaisin Valkoisessa huoneessa taas. Rosalie ajatteli, että hänen muistikirjansa olisi parempi yöpöydän laatikossa.

BINGO

Ja he olivat poissa.

BINGO

Illallinen saapui. Hänellä oli kaikkea herkullista, mutta nyt hän ei voinut ajatella muuta kuin mansikkapaksua pirtelöä.

BINGO.

Yksi saapui ja sen rinnalla viipale sitruunamarenkipiirasta.

Silloin Eriel ja Rafael saapuivat.

"Voi, voi", tikkaat sanoivat, kun he leijailivat häntä kohti ja näyttivät siltä kuin olisivat pukeutuneet Halloweeniin.

"Näenkö minä unta? Vai kuollut?" Rosalie kysyi.

"Ei kumpaakaan", arkkienkelit vastasivat.

KAPPALE 22

TAPAAMINEN JA TERVETULOA

"Mene sinä vain syömään ateriasi loppuun", Rafael sanoi.

"Kyllä, meillä ei ole parempaa tekemistä", Eriel sanoi.

Kun he katselivat hänen syömistään, Rosaliella oli vaikeuksia pureskella. Vaikeuksia maistaa. Ja se tuntui kylmemmältä. Hän vilkaisi kirjahyllyjä ja tikkaita. Hänellä oli sellainen tunne, että nämä kaksi vierasta juonivat jotain pahaa, kun hän laski veitsen ja haarukan.

"Ensinnäkin", Eriel aloitti, "tämän keskustelun on pysyttävä meidän ja vain meidän välisenä."

Mielessään hän puhui Lialle. "Oletko siellä, lapsi? Kuunteletko sinä?"

"...sukupuuttoon."

"Olen pahoillani", Rosalie sanoi, "mutta voisitko aloittaa alusta, tarkoitan siis alusta? Olen vanha ja menetin käsityksen siitä, mitä kerroit minulle."

Eriel puuskahti. Kuin pieni poika, jota oli nuhdeltu, hän avasi siipensä ja lensi pois. Kun hän lähestyi kirjaston yläosaa, hän risti kätensä ja odotti. Odotti, että Rafael antaisi palaa.

Rafael nojautui lähemmäs Rosalieta.

"Silmälasisi ovat todella siistit", Rosalie sanoi. "Mutta ne saavat minut tuntemaan itseni vähän merisairaaksi, kun kaikki se veri sykkii ja leijuu niissä."

Eriel nauroi.

Rafael otti lasit pois ja laittoi ne mustan kaapunsa taskuun.

"Rakas Rosalie", Raphael huokaili, "älä välitä oppineen ystäväni epäkohteliaisuudesta, mutta meillä on tilanne päällä. Tilanteessa, jossa tarvitsemme paitsi sinun apuasi, myös E-Z:n, Lian, Alfredin ja muiden apua. Tiedättehän, keitä tarkoitan, kun mainitsen muut?"

Rosalie nyökkäsi sanomatta mitään.

"Olemme arkkienkeliryhmä ja voimamme ovat rajalliset. Asia, joka tapahtuu kaikkialla maailmassa, tapahtuu sieluille."

"Tarkoitatko, kun ihmiset kuolevat?" Rosalie kysyi.

"Juuri niin."

"Mutta eikö se ole enemmän teidän alaanne kuin meidän? Olet puhunut Jumalalle - hänhän tuntee sinut? Ja jos yrität korjata pahaa tilannetta, mikset kysyisi häneltä suoraan?"

Koska Rafael ja Eriel eivät puhuneet, Rosalie jatkoi.

"Ymmärtääkseni kun ihminen kuolee, hänen ruumiinsa haudataan. Tai tuhkataan. Heidän sielunsa - jos niitä on olemassa - elää toisessa paikassa."

Eriel oli sekunneissa hänen kasvoillaan ja räkäisi. "Tuo on väärin.

Raphael työnsi hänet syrjään. "Se on monimutkaisempaa kuin tiedät. Liian monimutkaista useimpien ihmisten käsittää."

"Ihmiset ovat aika fiksuja", Rosalie sanoi. "Olemme käyneet kuussa, keksineet lentokoneen, internetin ja tulen. En ole mikään nero, ja silti toit minut tänne vakuuttamaan minut."

Eriel nauroi taas.

Tällä kertaa Rafael ei voinut itselleen mitään, ja hänkin nauroi.

Ja nauroi. Ja nauroi.

Kumpikaan ei pystynyt pysäyttämään itseään.

Rosalie jätti heidät huomiotta. Ei välittänyt siitä, mitä hänen ympärillään tapahtui. Tikkaat heittäytyivät edestakaisin edestakaisin. Kirjat putosivat ulos ja sitten takaisin sisään. Se oli sellaista meteliä. Niin meluisa. Hän kaipasi taas kerran huoneensa hiljaisuutta.

Anne of Green Gables, hän ajatteli.

BINGO.

Kirja oli hänen käsissään. Hän avasi sen, löysi kirjanmerkin ja luki. Jos he tarvitsivat hänen apuaan, heidän oli tehtävä töitä sen eteen. Nyt kun he olivat loukanneet häntä ja koko ihmiskuntaa, hän ei aikonut tehdä sitä helpoksi.

"Hieno homma", Lia kuiskasi Rosalien mielessä. "Sinä olet johdossa. Ja minä olen täällä E-Z:n ja Alfredin kanssa, ja me tuemme sinua."

Rafael ja Eriel nauroivat yhä. Hallitsemattomasti. Pomppivat toisiinsa ilmassa kuin yhteen kiinnitetyt ilmapallot.

Sitten hän muisti, ettei hänen sitruunamarenkipiirakkaansa ollut vielä syöty. Hän pani kirjan sivuun, työnsi haarukan siihen ja otti palan. Se oli täydellinen. Ei liian makea eikä liian hapokas, juuri niin kuin hänen äitinsä teki sitä. Hän otti toisen haarukan.

Hänen yläpuolellaan Eriel ja Rafael olivat hysteerisiä.

"Lopettakaa!" Rosalie huusi. "Te kaksi olette töykeimpiä, vastenmielisimpiä otuksia, joita olen koskaan tavannut. Ja olen tavannut aikoinaan aika vastenmielisiä ihmisiä." Hän laski haarukkansa alas. "Eikö teille ole opetettu mitään tapoja? Yhtään tapoja ylipäätään?" Hän nosti haarukkansa ja osoitti sillä heidän suuntaansa.

Eriel lensi alas. Hän oli Rosalien päällä suu auki sekunneissa. Hän pisti sen sitruunajuuston sekaan, sitten haarukoi sen arkkienkelin suuhun.

"Ewwwwww!" hän huusi. Hän sylki sen ulos kuin olisi antanut hänelle arsenikkia.

"Äiti on aina opettanut minut jakamaan", hän sanoi virnistäen.

Erielin kalpeus muuttui mustasta vihreäksi. Oksennettuaan hän katosi seinän läpi.

"Hän ei taida olla piirakan ystävä?" Rosalie sanoi.

Lia nauroi Rosalien mielessä.

Rafael otti silmälasit kaapunsa taskuista, puhdisti ne ja laittoi ne takaisin kasvoilleen. Hän istuutui Rosalien viereen. Hän oli niin lähellä, että istui melkein tämän sylissä.

Rosalie-parka.

"TIEDÄMME, ETTÄ ON MUITAKIN, JA MEIDÄN ON TIEDETTÄVÄ, KEITÄ HE OVAT JA MISSÄ HE OVAT - NYT!"

Kun hän puhui, Rafaelin kasvot vääristyivät tunnistamattomiksi.

Rosalien hiukset nousivat pystyyn. Hänen ruumiinsa tärisi.

"Töykeät ihmiset eivät koskaan saa sitä, mitä pyytävät, ja sinä, kultaseni, olet hyvin töykeä. Ja niin on myös ystäväsi", Rosalie kuiskasi.

Rosalie palasi entiseen minäänsä.

Vain tällä kertaa arkkienkelin taktiikka oli muuttunut. Ja hänen äänensä oli siirappinen, kun hän sanoi,

"Aion mennä tuon seinän läpi ja liittyä Erielin seuraan. Viiden minuutin kuluttua palaamme takaisin ja aloitamme alusta. Tarvitsemme apuasi - olet oikeassa - emmekä pyydä sitä sillä tavalla kuin pitäisi." Sitten seinässä olevalle naiselle: "Aseta ajastin viideksi minuutiksi." Sitten takaisin Rosalieen: "Kun ajastin soi, palaamme ja aloitamme alusta." Kuten oli luvattu, Rafael liikkui kohti seinää ja katosi sen läpi.

Seinässä oleva kello tikitti äänekkäästi. Se tuntui olevan paikallaan. Jopa liian meluisalta kirjastoon.

"Se on todella ärsyttävä!" Tikapuu sanoi ja siirtyi lähemmäs.

"Olen pahoillani kaikesta hälystä", Rosalie sanoi. "Minun läsnäoloni täällä on aiheuttanut teille pelkkää kaaosta."

"Me pidämme sinusta", tikkaat sanoivat. "Mikset siirtyisi vähän? Se saa sinut voimaan paremmin."

Rosalie nousi seisomaan ja odotti, että häntä väsyttäisi näin suuren aterian syömisen jälkeen. Sen sijaan hän oli energinen. Varsinkin hänen jalkansa. Ne tuntuivat siltä, kuin hän olisi ollut taas kymmenvuotias. Hän suoritti hyppyjumpan. Olipa hauskaa!

"Ja nyt", Rosalie sanoi, "hänen seuraava temppunsa. Suuri mummo ei yritä yhtä, eikä kahta, vaan kolmea peräkkäistä kärrynpyörää" - ja hän teki sen. "Kiitos, kiitos!" hän sanoi, kumarsi ja heilutti kuin olisi voittanut kultamitalin olympialaisissa.

BRRRIIIING.

Ajastin loppui. Eriel ja Rafael saapuivat.

Arkkienkelit olivat pukeutuneet eri tavalla. Kuin he olisivat menossa kahteen eri juhlaan.

Erielillä oli tumma nastaraitainen puku, valkoinen paita ja solmio.

Rafaelilla oli punainen muumimallinen mekko, joka peitti hänen vartalonsa kokonaan kaulasta varpaisiin.

"Minusta tuntuu, että olen alipukeutunut", Rosalie sanoi.

BINGO.

Hänellä oli nyt päällään hienoin mekko. Se oli se, jonka hän oli ilmoittanut haluavansa pitää yllään kuolemansa jälkeen.

Hän lysähti tuoliin, silmät ylöspäin katsoen. Ja arkkienkelit leijuivat häntä kohti. Heidän siipensä liikkuivat kuin perhosen siivet, kun he lähestyivät häntä armollisesti ja kauniisti. Hänen silmänsä vuotivat kyyneliin.

"Miten voin auttaa teitä, rakkaat?" Rosalie kysyi.

Oli kuin heillä olisi nyt valta häneen, valta, jota hän ei halunnut voittaa. Hän lankesi lattialle, nyt polvillaan kahden arkkienkelin edessä. Rafael kosketti häntä oikeaan olkapäähän ja Eriel vasempaan olkapäähän.

"Kerro meille, mitä meidän on tiedettävä", he huokailivat.

"Muut ovat hajaantuneet", hän sanoi ja putosi sitten lattialle kuin jouseton nukke.

"Hän on liian vanha tähän", Eriel sanoi. "Jos hän kuolee, hänestä ei ole meille mitään hyötyä."

"Jatka vain, se toimii."

POP.

POP.

Hadz ja Reiki ilmestyivät, kumpikin kuiskasi Rosalien korviin. He auttoivat hänet jaloilleen.

"Häipykää täältä, te kaksi tunkeilijaa!" Eriel huusi räjähtävällä äänellä,

Rosalie heräsi transsista, johon he olivat hänet saattaneet.

"Häipykää!" Rafael huudahti, eikä POP:ia kuulunut, vaan sen sijaan kuului vain yksi ääni

SPLAT.

Rosalie laski kätensä lanteilleen: "Toivottavasti ette satuttaneet noita kahta kultaista. Itse asiassa, jos haluat, että harkitsen auttamistasi, sinun pitäisi tuoda heidät takaisin tänne NYT, jotta voin nähdä, että he ovat kunnossa. Kieltäydyn sanomasta sinulle enää mitään, ennen kuin tuot heidät takaisin." Hän ylitti huoneen, istuutui selkä valkoista seinää vasten, sulki silmänsä ja odotti. Hänellä oli koko päivä, koko viikko, koko vuosi aikaa. Hänellä ei ollut kiire olla missään tai tehdä mitään.

POP.

POP.

"Kiitos", Hadz ja Reiki sanoivat istuessaan Rosalien olkapäille.

"Me sotkemme tämän", Rafael sanoi. Sitten Hadzille ja Reikille: "Te tiedätte, missä tilanteessa maa on, voitteko auttaa meitä saavuttamaan tämän ihmisen avun?"

Reiki sanoi: "Tiedämme, että tilanne on olemassa! Jos et olisi perunut sopimusta E-Z:n, Lian ja Alfredin kanssa, he olisivat jo olleet mukana. Rosalie ei luota kumpaankaan teistä."

Hadz sanoi: "Etkä sinä ole ollut rehellinen hänelle."

Hadz sanoi: "Ihmisille luottamus ja rehellisyys ovat kaikki kaikessa."

Eriel syöksyi heitä kohti.

Rafael pidätteli häntä, ennen kuin hän sanoi: "Meidän osaltamme on tehty virhe, ja tällä virheellä on syy ja seuraus. Yritämme pelastaa maapallon sivullisilta vahingoilta. Ainoa tapa, jolla voimme tehdä sen, on kutsua niitä, joille on annettu voimia, yliluonnollisia, supersankarivoimia. Ilman heitä ihmiskunta epäonnistuu - ja se on meidän syytämme."

Rosalie nousi ylös. Hän vilkaisi kahta pientä olentoa, jotka istuivat hänen kummankin olkapäillä. "Voinko luottaa näihin kahteen?"

"Rafael on luotettava", Hadz sanoi.

"Mutta emme ole varmoja hänestä", Reiki sanoi.

POP.

POP.

Molemmat katosivat peläten, että Eriel lähettäisi heidät takaisin kaivoksiin.

Eriel nousi, korkeammalle ja korkeammalle, ja katosi sitten katon läpi.

Rosalie vaihtoi puheenaihetta. "Sillä aikaa kun mietin asiaa, voitko selittää, mikä tämä paikka on? Kutsun sitä Valkoiseksi huoneeksi, mutta onko se oikea nimi - ja miksi se ilmestyy aina, kun toivon jotain?

Ehkä sen nimi on Taikahuone?" Sillä hetkellä Rosalie ajatteli E-Z:tä, enkeliä/poikaa pyörätuolissa.

ACK.

E-Z saapui.

"Vau!" hän sanoi tajutessaan, että hän oli liittynyt Rosalien seuraan Valkoiseen huoneeseen. Hän ajatteli aurinkolasejaan ja

PRESTO

Ne olivat hänen kasvoillaan. Hän käveli ympäri huonetta ja tunnusteli jälleen jalkojaan ja lattiaa. Sitten hän ojensi kätensä ja sanoi: "Sinä olet varmaan Rosalie".

"Ja sinä olet varmaan E-Z", hän sanoi ilman pyörätuolia. Tämä paikka on todella maaginen!"

"Ja hei, Rafael."

"Tervetuloa, E-Z", Rafael sanoi. Sitten Rosalielle: "Se siitä hienovaraisuudesta - tämän piti olla luottamuksellista."

"Mitä ikinä hän lupaa sinulle, hän rikkoo ne. Hän on hyödytön pitämään sanansa - ja Eriel on vielä pahempi kuten Ophanielkin - etkä ole edes tavannut häntä vielä. Silti kerrotaan sinulle, että he kaikki ovat valehtelijoita."

"Tajusin sen", Rosalie myönsi. "Ja hän lähti, Eriel käyttäytyy kuin hemmoteltu lapsi."

"Olisin halunnut nähdä sen", E-Z sanoi. "Se kuulostaa hyvin epä-Erielin kaltaiselta, mutta hitto, se olisi ollut mahtava juttu nähdä."

"Riittää jo nämä sydämellisyydet", Rafael sanoi. "Minulla ei taida olla muuta vaihtoehtoa kuin selittää tilanne myös teille." Hän polkaisi jalkojaan ja hänen siipensä putosivat sivuilleen murjottaen. Hän kääntyi katsomaan E-Z:tä ja Rosalieta. "Maailma on pelastettava, johtuen meidän virheestämme. Haluatteko te ja muut auttaa meitä korjaamaan tilanteen - tarkoitan siis pelastamaan maapallon - vai ette?"

Rosalie ja E-Z vaihtoivat katseita.

"Menkää te vain", hän sanoi. "Olen mukana siinä, mitä ikinä päätättekään."

E-Z ei vastannut heti.

"Jos kerrot minulle kaiken, välitän sen muille, ja me äänestämme. Olemme demokraattinen ryhmä."

"Kauanko siinä kestää?" Raphael pilkkasi. "Ja miten aiot ottaa yhteyttä minuun? Pitäisinkö kenties pitää Rosalieta täällä vankina, kunnes keksit sen? Riittääkö kaksikymmentäneljä tuntia?"

Rosalie sanoi: "Minua ei haittaa jäädä tähän huoneeseen. Täällä on paljon kirjoja luettavaksi, ja voin tilata mitä vain haluan. Paljon mielenkiintoisempaa ja jännittävämpää kuin kotona oleminen."

E-Z nyökkäsi. Rosalielle hän sanoi: "Kiitos, ja olet oikeassa, tämä huone on aika erikoinen. Olet täällä turvassa." Sitten Rafaelille: "Rosalie ei tule olemaan vankisi, itse asiassa hän tulee olemaan vieraasi." Kirja lensi hyllystä ja laskeutui hänen käteensä. Se oli Harry Potter ja salaisuuksien kammio.

"Haluaisin lukea sen", Rosalie sanoi. Kirja lähti E-Z:n kädestä ja lensi kohti Rosalieta. Hän nappasi sen kiinni, avasi sen ja alkoi heti lukea.

"Rosalie on vieraanamme", Rafael sanoi. "Kaksikymmentäneljä tuntia sitten?"

"Kaksikymmentäneljä tuntia", E-Z suostui.

"Odota!" ääni huusi. Ääni, jolla ei ollut ruumista. Ääni, joka kaikui ja kaikui. Kunnes kirja irtosi yläpuolella olevasta hyllystä. Se syöksyi kohti lattiaa, kunnes sen siivet puhkesivat eteenpäin ja pelastivat sen selkänsä murtumiselta.

Rafael katsoi äänestä säikähtäneenä. Hän yritti perääntyä, mutta jokin pidätti häntä.

Rosalie ja E-Z odottivat ja kuuntelivat.

"Raphael ei ole kertonut teille kaikkea", jyrisevä ääni sanoi.

Aivan kuin ilma värähtelisi jokaisella tavulla, mutta hyvällä, ystävällisellä ja lempeällä tavalla, ei pelottavalla maailmanlopun tavalla.

"Kerro meille", E-Z sanoi.

"Vähän hiljaisemmin", Rosalie ehdotti. "Olen vanha, mutta en kuuro, tiedättehän!"

"Anteeksi", ääni sanoi. Hän raivasi kurkkunsa. Sitten hän kuiskasi: "E-Z Dickens, muistatko ne valinnat, jotka annoimme sinulle? Ne kaksi vaihtoehtoa?"

E-Z muisti ne riittävän hyvin. Toinen oli jäädä siiloon ikuisiksi ajoiksi. Hänen perheensä muistot silmukassa.

Toinen vaihtoehto oli palata elämään Sam-sedän kanssa.

"Kyllä."

"Kerro, mitä muistat valinnoista?" ääni kysyi.

"He sanoivat, että voisin jäädä säiliöön ja elää perheeni muistot uudelleen silmukassa tai palata elämääni Sam-sedän kanssa."

"Entä sielun sieppaaja? Mitä siitä?"

"Ei mitään", E-Z myönsi kohauttaen olkapäitään.

Ääni jyrähti - aivan kuin puhuminen nyt olisi aiheuttanut sille kipua. Hyllyt tärisivät ja esineet POPPASIVAT ilmassa satunnaisesti. Ensin oli jättimäinen suolakurkku. Vihreä esine pyörähti ensin myötä- ja sitten vastapäivään ja katosi sitten.

Seuraavaksi heidän yläpuolelleen ilmestyi peilipallo. Se vaihtoi väriä pyöriessään. Kun se kääntyi aivan liian nopeasti, he pelkäsivät sen putoavan heidän päälleen. He siirtyivät suojaan, mutta ennen kuin he ehtivätkään, pallo katosi.

Seuraavaksi ilmestyi klovnin pää. Se leijui heidän eteensä ja sanoi: "Mitä on mustavalkoinen ja mustavalkoinen ja mustavalkoinen ja mustavalkoinen ja mustavalkoinen ja mustavalkoinen."

"Riittää!" ääni jyrähti.

"Olen pahoillani", Rafael sanoi.

"Pitäisi olla!" ensimmäinen ääni vapisi. Sitten hiljaisemmin, lempeämmin, pehmeämmin hän sanoi: "E-Z:n ja hänen tiiminsä on tiedettävä

Sielunsieppaajista - kaikesta.   Muuten he eivät ymmärrä rikkomuksen monimutkaisuutta."

Ääni piti muutaman sekunnin tauon ja jatkoi sitten: "Sielun sieppaaja pyydystää sieluja, kun ihmiskeho kuolee. Se on loputon leposija. Kaikilla ihmisillä ja kaikilla olennoilla on astioita, joihin mennä. Se, mitä kutsuit siiloksi, on sielun sieppaaja. Lepopaikka koko ikuisuuteen."

"Selvä", E-Z sanoi. "Miten tämä sitten liittyy maailmanloppuun?"

"Haluan nähdä sielusiepparini", Rosalie sanoi.

"Jos sinä ja ystäväsi ette tee MITÄÄN, kenelläkään ei ole Sielunvartijaa. Kun ruumiisi kuolee, sinä kuolet. Se siitä. Loppu. Sinun ja kaikkien muiden sieluilla ei ole paikkaa, minne mennä, ja kun sielulla ei ole paikkaa, minne mennä, silloin ei ole tarkoitusta. Sielulla ei ole enää syytä olla olemassa. Ja ilman sieluja ihmiset ovat pelkkiä lihapukuja."

"Hetkinen", E-Z sanoi. "Väitätkö, että henkilö, joka on vastuussa Sielunpyydystäjistä. Miksi ikinä heitä kutsutkaan - toimitusjohtajaksi, presidentiksi, ymmärrät asian ytimen. Väitätkö, että he ovat vaarantuneet?"

Raphael avasi suunsa vastatakseen, mutta E-Z ei ollut vielä lopettanut puhettaan.

"Miten tämä koko Sielunpyydysjuttu ylipäätään toimii? Minut on kutsuttu omaani useaan otteeseen, enkä ole edes KUOLLUT. Väitätkö, että nämä, mitä ne sitten ovatkaan, voivat nyt pakottaa minut Sielun

Sieppaajaani mielijohteesta?" Hän epäröi: "Ja mitä tiedät Charles Dickensistä? Hän saapui peilisäiliössä, ei siis sielun sieppaajaan. Miten hänen sielunsa pääsi paikasta toiseen? Onko hänen ylösnousemuksensa teidän arkkienkelienne ansiota?"

Rafael odotti, oliko hänellä lisää kysymyksiä.

Hänellä oli.

"Entä kaksi parasta ystävääni PJ ja Arden. Miten he sopivat joukkoon? He ovat molemmat koomassa. Haluan tuoda heidät takaisin. Auttaako sinua auttaminen heitä?"

Ääni seinässä jyrähti vastaukseksi.

"Kukaan ei johda sielunpyydystäjiä. Se ei ole kuin voittoa varten perustettu yritys. Kun joku kuolee, hänen sielunsa pyydystetään, ja se elää sille osoitetussa Sielunpyydystimessä."

"En ymmärrä", E-Z sanoi. Sitten: "Hetkinen, onko joku tai jokin kaapannut Sielunsieppaajat? Ja jos vastaus on kyllä, tarvitsen ehdottomasti lisätietoja siitä, keitä he ovat, ennen kuin sekaannumme aslaan. Jos te arkkienkelit ette pysty voittamaan heitä, niin miten luulet meidän pystyvän?"

Ääni seinässä sanoi Rafaelille: "No, Eriel oli väärässä sanoessaan, että tämä poika on paksu kuin tiili. Hän sai sen kerralla. Hyvin tehty, E-Z."

"Uh, kiitos, luulisin", hän sanoi. "Mutta mitä minä tarkalleen ottaen tein oikein?"

Ääni jatkoi. "Kolme jumalatarta on todellakin kaapannut sielunpyydystimet."

E-Z avasi suunsa puhuakseen, mutta ennen kuin hän ehti, ääni puhui uudelleen.

"Charles Dickens ei saapunut sielunpyydystimellä, kuten epäilit. Verisukulaisilla on voimia ajassa ja tilassa. Sinä kutsuit hänet tänne. Hän tuli auttamaan sinua."

"En minä häntä kutsunut!" E-Z sanoi.

"Ja silti hän on palannut ja tiesi nimesi ja halusi auttaa sinua, eikö totta?" "Kyllä."

E-Z nyökkäsi.

"Ja viimeiseen kysymykseesi: kyllä, ystäväsi henki on vaarassa kolmen jumalattaren takia."

"Jumalatarten?" E-Z toisti. "Niin kuin kreikkalaisessa mytologiassa? Ovatko ne todellisia? Luulin, että kaikki nuo tarinat ovat fiktiota."

"Ne perustuvat historiallisiin tosiasioihin", Rafael sanoi.

"Emme voi mennä mytologisten jumalattarien joukkuetta vastaan!" "Emme voi mennä mytologisten jumalattarien joukkuetta vastaan!" E-Z huudahti. "Me olemme lapsia."

"Riskit ovat paljon suuremmat, jos ette tee niin, sillä meillä ei ole ketään muuta, jolta voisimme pyytää apua. Ei ole Batmania, ei Hämähäkkimiestä, ei oikeita supersankareita. Ainoat sankarit olette te, lapset, vai mitä? Auttaisitteko? Me tiedämme, miten tämä ongelma voidaan ratkaista. Tarvitsemme ihmisiä, ihmisiä kentällä. Ihmiset, joilla on voimia, voivat voittaa. Voit voittaa tämän. Nämä oliot. Ensinnäkin, voitte nähdä ne. Me emme näe, Rafael sanoi.

"Tiedän, että tarvitsette apua, mutta en näe, miten me voisimme pelastaa päivän - emme voimakkaita jumalattaria vastaan. Kyllä, meillä on voimia, mutta mitä meillä tarkalleen ottaen on vastassamme? Mitä meiltä odotetaan? Mitkä ovat meitä uhkaavat vaarat? Tarkoitan, että te olette jo kuolleita - me emme ole. Jos autamme - mitkä ovat riskit?"

Hän epäröi, ja kun kukaan ei sanonut mitään, hän jatkoi.

"Jos suostumme, voitteko suojella setäni Samia, hänen vaimoaan Samanthaa ja vauvoja? Voitteko varmistaa, etteivät PJ ja Arden päädy kuolleina Sielunsieppareihin? Ja mitä hyötyä siitä on meille? Olisimmehan me vaarantamassa henkemme. Sinä et ole ihminen, joten sinulla ei ole mitään menetettävää!"

Rosalie puuttui asiaan: "E-Z, en näe, että teillä olisi vaihtoehtoja. Olet oikeassa, riskejä on, enkä ole vielä kuollut - mutta olen vanha - joten riski ei ole minulle niin suuri. Sitä paitsi pidän ajatuksesta, että kun elämäni loppuu, minua odottaa sielun sieppaaja."

E-Z nyökkäsi. "Ymmärrän sen. Ajatus siitä, että vanhempani leijailevat ympäriinsä. Yksin. Kodittomina. Sielunpyydystäjätön. No, se saa minut voimaan pahoin. Se tekee minut niin vihaiseksi, että haluan sylkeä. Mutta minun on silti puhuttava muiden kanssa", E-Z toisti jalkansa ristissä. Tuntui niin hyvältä pystyä tekemään yksinkertaisia asioita, kuten ristimään jalkansa.

Sinusta on tulossa melkoinen puhuja, Lia sanoi hänelle päässään.

"Kiitos", hän vastasi.

"Niin kuin silloin", ääni sanoi. "Kaksikymmentäneljä tuntia. Sillä välin Rosalie pysyy täällä kanssamme."

"Vieraananne", E-Z korosti.

"Pärjään kyllä", Rosalie sanoi. "Ja pidän yhteyttä juttelemalla Lian kanssa. Lia ja minä rakastamme jutella."

Hän nyökkäsi. Lian kanssa, Lian kautta. E-Z ei ollut varma, mitä he tiesivät ja mitä eivät - mutta hän ei aikonut antaa heille mitään, mitä heillä ei jo ollut.

"Nähdään pian", hän sanoi ja vilkutti hyvästiksi.

Sitten hän oli taas pyörätuolissaan. Hän oli kasvotusten ystäviensä kanssa. Mutta miten hän voisi kertoa heille? Miten hän voisi selittää?

Lopulta hän päätti, että paras keino oli sanoa kaikki suoraan. Juuri niin hän tekikin.

KAPPALE 23

MUUTOKSET

Vaikka E-Z:n uutiset eivät olleetkaan sitä, mitä he odottivat kuulevansa, sekä Alfredilla että Lialla oli paljon sanottavaa vastaukseksi.

"Niillä on otsaa!" Alfred huudahti. "Sen jälkeen, mitä he tekivät meille. Tarkoitan lupausten antamista, sitten perumista ja pelisuunnitelman muuttamista. Minä en ainakaan luota kehenkään heistä niin pitkälle kuin voin heittää."

"Tämä on valtava juttu, ja siinä on kyse kuolleista rakkaistamme", E-Z sanoi.

"Miten niin?" Sam kysyi.

"En tiedä yksityiskohtia. Tiedän vain, että siihen liittyy kolme pahaa jumalatarta, joiden suunnitelmana on kaapata ja hallita kaikkia sielunpyytäjiä."

"Se on hullua!" Lia sanoi. "Miksi he haluaisivat ne? Miksi nähdä niin paljon vaivaa? Mitä hyötyä siitä on heille?"

"Hetkinen", E-Z sanoi. "Kerron sinulle kaiken, mitä he kertoivat minulle. Muista, etteivät hekään tiedä varmasti.

"Joka tapauksessa, näin se menee. He ovat mytologisia jumalattaria, jotka on tuotu takaisin. Heidän tavoitteenaan on hallita Sielunpyytäjiä - millä keinolla tahansa.

"Ja heidän valitsemansa keino on tappaa ihmisiä. Ihmisiä, joiden ei ollut tarkoitus kuolla! Ja sitten he laittavat heidät kaappaamiinsa sielunpyydyksiin. Ihmisiltä, jotka tarvitsevat niitä. Joten heidän sieluillaan ei ole paikkaa minne mennä."

"En vieläkään ymmärrä sitä", Lia sanoi.

"Ajattele sitä näin. Lia, sinä, Alfred ja minä olemme jo olleet sielunsieppareissamme. Harva pääsee sinne ennen kuin on kuollut. Tarkoitan, kuka haluaisi olla?"

"Samaa mieltä", Alfred sanoi.

"Samoin", Lia sanoi.

"Mutta entä jos kertoisin teille juuri nyt, että sielun siepparisi on täytetty jonkun toisen toimesta - eikä se siis ole enää teidän?"

"Ihmiset eivät edes tiedä sielun sieppaajista!" Alfred huudahti. "Useimmat luulevat, että heidän sielunsa menevät taivaaseen (tai jos ne ovat pahoja, niin kuumaan paikkaan.) Jos he tietäisivät, he järkyttyisivät siitä. Mutta he eivät tiedä."

"Niin, eihän sellaista voi jättää väliin, josta ei tiedä mitään", Sam sanoi. "Eikä voi taistella sellaisen puolesta, josta ei tiedä."

"He kertoivat minulle, että vanhempieni sielut voisivat leijua täällä nytkin, kodittomina. Se iski minuun kovaa."

"Juuri siksi he kertoivat sinulle!" Sam sanoi. "Se on suoranaista manipulointia."

"Ei, se on emotionaalista kiristystä", Alfred sanoi. "Mutta ymmärrän, miksi he sanoivat niin. Jos he kertoisivat minulle saman perheestäni, haluaisin sekaantua asiaan. Haluan taistella näitä jumalattaria vastaan. Jos olisin kuumakalle, toimisin heti tunteideni perusteella. Mutta meidän on oltava loogisia. Meidän on pidettävä päämme kylmänä."

"Keitä nämä jumalattaret ylipäätään ovat? Mitä me tiedämme heistä?" Lia kysyi.

"Ja olemmeko varmoja, että arkkienkelit ovat oikealla puolella tässä asiassa?" Sam tiedusteli.

"He sanoivat, että virhe heidän puoleltaan aiheutti tämänkin - mutta he eivät kertoneet tarkalleen, miten se tapahtui tai miksi. Eivätkä he olleet sillä tuulella, että heitä olisi pitänyt painostaa antamaan tietoja - enempää kuin mitä olin jo saanut heiltä irti. Sitä paitsi heillä on Rosalie, ja meidän aikamme päätöksen tekemiseen on loppumassa."

"Juuri niin", Lia sanoi. "Ja silti, miten voimme päättää, kun emme edes tiedä, mitä meillä on vastassamme? He tietävät, että olemme lapsia. Kyllä, meillä jokaisella on ainutlaatuiset voimat - mutta riittävätkö ne? Jos arkkienkelit eivät itse pysty hallitsemaan tätä tilannetta... miksi he tietävät, että me pystymme siihen?"

"Sitä en osaa sanoa. Painostin heitä kertomaan minulle enemmän. Ilman ääntä seinässä - he eivät olisi kertoneet minulle niin paljon kuin opin."

"Miten he kehtaavat salata meiltä tietoja!" Alfred huudahti.

"Olen selittänyt, mitä tiedän. Heitä on kolme. Ne ovat jumalattaria - mytologisia olentoja, joiden luulin olevan epätodellisia."

"Voimme selvittää netistä kaiken tarvittavan, jotta voimme varustautua niitä vastaan", Sam sanoi. "Mutta se vie aikaa." Hän epäröi. "En kuitenkaan usko, että meillä on paljon onnea etsiessämme tietoa sielunsieppaajista."

"Yritin jo, enkä löytänyt mitään."

"Milloin kuulit niistä ensimmäisen kerran?" Sam tiedusteli.

"Ääni seinässä antoi ymmärtää, että minulle on kerrottu niistä aiemmin, mutta aina kun yritän muistaa, tuntuu kuin seinä tukkisi tiedon."

"Vau! Aivan sama juttu tapahtuu minulle", Lia sanoi. "Se on niin outoa."

E-Z vilkaisi puhelimensa kellonaikaa. "No, olen antanut teille kaikille paljon ajateltavaa. Meillä on aamuun asti aikaa tehdä varma päätös... mutta en usko, että meillä on muuta vaihtoehtoa kuin suostua auttamaan heitä. Tarkoitan, että jos emme auta, niin kuka sitten?"

"Ajattelin samaa", Alfred sanoi. "Mutta en silti pidä tavasta, jolla he ovat toimineet."

"En minäkään", Lia sanoi. "Minä menen nukkumaan. Hyvää yötä kaikille. Nähdään aamulla." Hän sulki oven takanaan.

"Tarvitsetko jotain?" Sam kysyi.

"Ei, kaikki on hyvin. Hyvää yötä, Sam-setä."

"Hyvää yötä, E-Z. Täytyy sanoa, miten ylpeä olen sinusta ja miten ylpeitä vanhempasi olisivat."

"Kiitos."

"Ja hyvää yötä Alfred", Sam sanoi avatessaan oven.

"Hyvää yötä", Alfred sanoi, asettui sitten pää siiven alle ja vaipui uneen.

E-Z, joka ei saanut unta, tuijotti kattoa kädet päänsä takana. Hän teki muutaman istumaannousun ja kääntyi sitten kyljelleen toivoen nukahtavansa. Sen sijaan hän huomasi kaksi valoa, yhden vihreän ja yhden keltaisen, jotka leijuivat häntä kohti.

"Oletko hereillä?" Hadz kysyi.

"En", E-Z sanoi virnistäen istuessaan.

"Meidän ei pitäisi puhua sinulle", Reiki sanoi, "mutta meidän on pakko puhua sinulle, joten sinun täytyy arvata, mitä meidän ei pitäisi kertoa sinulle."

"Arvailla? Ihan oikeasti? Voitteko antaa minulle vihjeen... tiedättehän, rajata kenttää edes vähän?"

Halukkaat enkelit kuiskasivat toisilleen. He näyttivät olevan eri mieltä, kun Hadz lensi huoneen toiselle puolelle ja Reiki toiselle.

"K, minä menen nukkumaan. Kun keksit sen, voit kertoa minulle aamulla."

Hän torkahti ja heräsi sitten. Hän oli tuolissaan ja liihotti taivaan yllä. Hän kiinnitti turvavyönsä. "Mitä ihmettä?"

"Me päätimme, koska emme voineet rajata kenttää sinun puolestasi. Tai kertoa sinulle, mitä sinun pitää tietää. Jotta voisit tehdä tietoon perustuvan päätöksen... Että sen sijaan NÄYTÄISIMME SINULLE. Joten seuraa meitä."

Kun pilvet lipuivat ohi ja puhdas mutta viileä yöilma täytti hänen keuhkonsa, E-Z tunsi olevansa eloisampi kuin aikoihin. Jollain tavalla hän kaipasi sitä, että hänet kutsuttiin kokeisiin auttamaan ja pelastamaan ihmisiä, jotka olivat pulassa.

Siitä lähtien, kun hän lopetti työskentelyn Erielin kanssa, hän ei ollut tuntenut itseään supersankariksi. Totta, hän oli pelastanut puuhun juuttuneen kissan. Ja hän oli estänyt pesäpalloa rikkomasta arvokasta kirkon lasi-ikkunaa.

Mutta suurin osa hänen jokapäiväisestä elämästään oli tulevaisuutta. Hän suunnitteli lukion päättämistä parhaassa mahdollisessa asemassa stipendin saamiseksi. parhaaseen yliopistoon, jonka hän voisi saada.

Sam-setä ja Samantha suunnittelivat uutta vauvaa. He pitivät salassa, oliko vauva tyttö vai poika, eikä kukaan saanut mennä vauvan uuteen huoneeseen.

E-Z:n mielestä oli outoa olla viisitoista vuotta vanha ja pian setä, mutta hän odotti sitä innolla.

Ja Lia, hän pärjäsi hyvin koulussa ja sopeutui joukkoon, vaikka hän oli suhteellisen lyhyessä ajassa siirtynyt seitsemästä ikävuodesta kahdella hypyllä kahdentoista ikävuoteen. Mikä ikääntyminenkin näytti pysähtyneen, ja nyt hän näytti olevan ihastunut PJ:hen. Tyttö oli todellakin kasvamassa aikuiseksi, ja hän hymyili ajatellessaan, miten pomottava hänestä oli tullut. Siitä tuli mieleen Pikku Dorrit Yksisarvinen. He eivät olleet nähneet häntä sitten kokeiden. Ehkä arkkienkelit olivat lähettäneet hänet auttamaan Liaa, kun he olivat kaikki yhteydessä toisiinsa. Sitten oli hänen serkkunsa Charles Dickensin saapuminen. Ja PJ ja Arden olivat jumissa koomassa - eikä kukaan tiennyt, miten heidät saataisiin sieltä pois. Alfred piti itsensä kiireisenä, talon ympärillä. Hänen saapumisensa jälkeen Sam-sedän ei tarvinnut leikata ruohoa yhtä usein.

Hän muisteli taas kahta koetta, joissa hän oli löytänyt yhtäläisyyksiä. Se, jossa tyttö oli pukeutunut moninpelihahmoksi. Toisessa oli poika, jonka oli käsketty tappaa E-Z pelastaakseen perheensä hengen. Ne liittyivät toisiinsa. Eriel oli oikeassa. Hänen oli vain selvitettävä, mitä se tarkalleen tarkoitti.

"Olemmeko jo melkein perillä?" hän kysyi ja huomasi, miten kylmäksi oli käymässä. He etenivät nopeasti ja lähestyivät Death Valleyn kansallispuistoa Mojaven autiomaassa. Oli joulukuu, yksi vuoden kylmimmistä kuukausista aavikolla öisin, ja hän toivoi, että olisi ottanut hupparinsa mukaan. Oli niin pimeää, että tähdet näyttivät miljoona kertaa kirkkaammilta. Kuin silmät taivaalla, joiden välissä oli hädin tuskin sormenväli, tai siltä se tuntui.

Koulutuksessa olevat enkelit eivät vastanneet. Ne laskeutuivat muutaman metrin ja jatkoivat sitten lentämistä eteenpäin täydellä vauhdilla.

"Hienoa!" hän sanoi. "Ilmoittakaa, milloin laskeudumme. Toivoisin tosiaan, että minulla olisi matkatoimisto, joka kertoisi minulle, mitä näen."

"Käytä puhelinta", Lia ja Alfred kuiskasivat. Sitten he olivat hiljaa.

He lensivät eteenpäin, Badwater Basinin, Pohjois-Amerikan matalimman kohdan yli. Se oli nimetty niin, koska vesi on huonoa - siis juomakelvotonta liiallisen suolan vuoksi. Alueella voi kuitenkin kukoistaa joitakin villieläimiä ja kasveja, kuten suolakurkkua, hyönteisiä ja etanoita.

He menivät syvemmälle Kuolemanlaaksoon, kun E-Z katseli maastoa ja yritti olla ajattelematta, kuinka janoinen hän oli.

"Olemmeko jo perillä?" hän kysyi uudelleen, kun musta lintu lensi hänen päänsä yli pudottaen kakkakuorman ennen kuin se jatkoi matkaansa. "Tervetuloa Kuolemanlaaksoon", hän sanoi ja pyyhki sen pois hihansa takaosalla. Hän kiirehti jatkamaan matkaa saadakseen Hadzin ja Reikin kiinni.

KAPPALE 24

DEATH VALLEY

"Kiirehdi!" Hadz ja Reiki sanoivat. "Olemme melkein Rhyolitessa."

Hän ponnisti eteenpäin ja sai heidät kiinni. "Ja mitä Rhyoliitissa tarkalleen ottaen on?"

"Vähän taustaa", Hadz sanoi. "Ellet sitten ole jo kuullut siitä?"

E-Z pudisti päätään. Hän oli oppinut koulussa Grand Canyonista, lähinnä siitä, miten se oli muodostunut.

Hadz jatkoi: "Rhyolite oli aikoinaan kukoistava kaupunki kultakuumeen aikana vuonna 1904. Se ei kuitenkaan kestänyt kauan, vuonna 1924 sen viimeinen asukas kuoli, ja se muuttui aavekaupungiksi."

"Mitä sana Rhyolite tarkoittaa?"

Reiki vastasi: "Se on hapanta vulkaanista kiveä - graniitin laavamuotoa. Sen nimesi geologi Ferdinand von Richthofen vuonna 1860. Sen alkuperä on kreikkalainen, sanasta rhyax, joka tarkoittaa laavavirtaa."

"Kaupungissa oli siis suuri kultakuume, ja se nimettiin tulivuoriperäisen kiven mukaan?" Hän epäröi. "Muistaakseni muistan tunnilta jotain vulkaanisesta toiminnasta."

"Aivan oikein", Hadz sanoi. "Se ajoittuu kahden miljoonan vuoden taakse."

"Niin, tämä oppitunti on mielenkiintoinen ja kaikkea muuta - mutta en vieläkään ymmärrä, miksi olemme menossa Rhyoliittiin."

Reiki pamautti: "Koska se on luopioiden päämaja."

"Niiden, jotka kilpailevat Sielunpyydystimien hallinnasta."

"Keitä he tarkalleen ottaen ovat, ja miten voimme pysäyttää heidät? Me - tarkoitan meitä, Kolmea. Koska Eriel ja Rafael pitävät Rosalieta hallussaan, ja muuten aika on loppumassa. He antoivat meille vain kaksikymmentäneljä tuntia aikaa palata heidän luokseen."

"Shhh", Hadz sanoi. "Heillä on poikkeuksellinen kuulo, ja tuuli saattaa kuljettaa äänemme kuiskauksina takaisin heille. Tästä lähtien puhumme vain mielellämme."

E-Z kysyi mielensä avulla: "Mitä tapahtuu, jos he tietävät, että olemme täällä? Tarkoitan, eivätkö he pysty näkemään meitä?"

"Hadz ja minä emme ole ihmisiä, joten emme ole heidän tutkassaan. Te ette kuitenkaan ole, ja siksi olemme suojanneet teidät."

"Hienoa! Ympärilläni on näkymätön suojakilpi - se on kätevä tieto minulle."

Kaukana hän näki Mustat vuoret. "Lyön vetoa, että kun aurinko paahtaa lämpöä noihin vuoriin, niillä voisi paistaa kananmunan." Hän epäröi: "Entä se lintu, joka kakkasi päälleni? Olisivatko pahikset voineet lähettää sen etsimään meitä?"

Hadz ja Reiki pudistelivat päätään. "Me näimme linnun. Se oli korppi - joka tunnetaan taivaiden viestien kantajana."

"Okei, hyvä on. Minusta se ei näyttänyt korpilta. Kertokaa minulle, mikä se on kaapannut sielunpyytäjät ja mitä meidän on tehtävä voittaaksemme ne." Hän epäröi: "Ja mitä tekemistä tällä on Charles Dickensin jälleensyntymisen kanssa nuorena poikana." Hän epäröi. Hän epäröi taas. "Saako Lia myös kuljetuksen? Tuleeko yksisarvinen Pikku Dorrit takaisin, jos/kun suostumme auttamaan sinua?" Siinä oli paljon puhetta. Hän oli janoinen ja toivoi, että olisi ottanut mukaansa vesipullon.

POP.

Yksi ilmestyi. Hän joi sen takaisin sanottuaan "kiitos" kenellekään.

Reiki kysyi: "Oletko koskaan kuullut Erinyesistä?".

E-Z pudisti päätään.

"Tunnetaan myös nimellä Furies", Hadz sanoi.

"Minulla ei ole aavistustakaan, mitä kumpikaan on... mutta minulla on epämääräinen muisto jostain pelistä ehkä?" "Ei."

"Heidät tunnetaan kollektiivisesti nimellä Koston jumalattaret."

"Kerro lisää. Kenelle he kostavat?"

"Miksi, koko ihmiskunnalle!" Hadz puuskahti.

"Puhuimme ystävieni kanssa tästä aiemmin. Suurin osa ihmisistä ei tiedä sielunsieppaajista. Useimmat uskovat, että meillä on sieluja. Sieluja, jotka menevät joko taivaaseen tai helvettiin - riippuen valinnoista, joita teemme elämässämme."

"Kyllä, olemme tietoisia tästä", Hadz sanoi.

"Kertokaa sitten", E-Z pyysi. "Missä Jumala on tässä kaikessa? Jumala tai Jeesus, Allah, Buddha ... miksi ikinä hänet tunnetkaan. Missä hän on?"

Hadz ja Reiki tuijottivat eteenpäin vastaamatta.

"Okei, ymmärrän, ettet voi vastata tuohon kysymykseen. Vastatkaa sen sijaan tähän. Miksi jumalattaret rankaisevat ihmisiä käyttämällä jotain, mistä he eivät ole edes tietoisia? Ymmärrän, että he ovat pahoja, mutta se kuulostaa silti naurettavalta."

"Lapset", Hadz sanoi.

"He rankaisevat rankaisemattomia. Mutta..."

"Ah, odotin jo muttaa... Jatka." "Jatka."

"Furiat käyttävät valtaansa väärin. He ylittävät rajojaan. He hyökkäävät viattomia vastaan. Viattomia lapsia, jotka pelaavat peliä."

"Hetkinen, tarkoitatko, että pelejä pelaavia lapsia rangaistaan asioista, joita he tekevät pelin sisällä? Mutta pelihän ei ole totta! Miten heitä voidaan rangaista oikeassa elämässä jostain, mikä ei ole todellista?"

"Tiedän sen, ja te tiedätte sen, mutta The Furiesille se on kaikki sama asia. Jos pelissä aikoo tappaa jonkun, käy läpi saman ajatusprosessin kuin murhaaja tekisi. Siihen kuuluu sen suunnitteleminen, aikomus tappaa ja sitten sen toteuttaminen. Joissakin tapauksissa kyse on joukkomurhista. Ja kyllä, se on viatonta, ja heitä pyydetään tekemään nuo asiat, jotta he pääsisivät pelissä pidemmälle. The Furiesille lapset ovat rankaisemattomia ja he ovat reilua riistaa, kun he ovat pelin sisällä."

"Hetkinen!" E-Z huudahti. "Mitä sinä tarkalleen ottaen tarkoitat? Luulen ymmärtäväni pääpiirteittäin, miten Sielunsieppaajat sopivat peliin, mutta ajatus on niin paha... En halua edes ajatella sitä, saati sitten sanoa sitä."

"Raivostuttajat kostavat pelaajille. Niille, jotka ovat tehneet syntiä sydämessään", Reiki sanoi. "Heidän ei ole tarkoitus kuolla! Heidän sielunpyydystäjänsä eivät ole valmiita ottamaan vastaan heidän sielujaan, ja siksi..."

"Heillä ei ole paikkaa, minne mennä", Hadz sanoi.

"Ja Furiat keräävät heidät tänne luomalla oman sieluheimonsa. He varastoivat lasten sieluja varastettuihin Sielunpyydyksiin."

"Tämä aiheuttaa kaaosta", Hadz sanoi.

"Teidän lasten on siis autettava."

"Hetkinen!" E-Z sanoi. "Odottakaa nyt jumalauta!"
"Odottakaa nyt jumalauta!"

KAPPALE 25

NELJÄ SILMÄÄ

"Voi, voi", Hadz huusi, kun tumma pilvi liikkui nopeasti taivaalla ja suuntasi heidän suuntaansa.

"Ne eivät ole voineet läpäistä suojakilpeä!" Reiki huudahti.

E-Z vilkaisi olkansa yli. Se, mitä hän näki, oli musta jokin, joka ei ollut pilvi. Sillä se oli käärmeenmuotoinen. Sen haarautuva kieli nuoli ilmaa. Kahden silmän sijasta sillä oli lukuisia silmiä. Liian monta laskettavaksi. Jokaisesta valui verta. Verta ja höyryävää keltaista mätää.

Sen kieli liikkui oikealta vasemmalle. Se antoi piiskaavan äänen, kun sen leuat napsahtelivat auki ja kiinni. Ja sen kurkusta kuului narskuva ääni, joka vaihteli kiljumisen ja surinan välillä.

Tuulen tuivertaessa takanaan ilma täyttyi pahimmasta päästä, ja pian se saavutti E-Z:n, Hadzin ja Reikin sieraimet.

Haju oli erittäin pahanhajuinen. Pahempi kuin rikki. Tai mätämunia. Inhottavampi kuin septinen neste ja mätänevät ruumiit yhteensä.

Kolmikko siirtyi korkeammalle, jotta he näkivät harjun taakse, jota he eivät olleet aiemmin huomanneet. Sen takana oli hopeisia säiliöitä. Sielunsiepparit. Niin pitkälle kuin silmä näki.

"Niin monta! Ovatko kaikki nuo täynnä lapsia? Voi ei!" E-Z sanoi nasaalilla äänellä, koska hän oli yhä tukkimassa nenäänsä. Tosin hän pystyi yhä haistamaan hajun.

PTOOEY.

He väistivät suihkun limaisen keltaista mätää.

"Mitä hittoa tuo on?" E-Z huudahti.

Alapuolella näkyi jättimäinen silmämuna. Se oli suljettu. Naamioitu.

PTOOEY. PTOOEY. PTOOEY.

"Voi ei!" E-Z huudahti. "Silmäräkit!"

Se ampui heitä kohti ja ampui kuumaa, tahmeaa nestettä.

"Pitäkää kiinni!" Hadz ja Reiki huusivat.

Kumpikin tarttui yhteen E-Z:n korvista.

"Ahhhhh!" se huusi.

PTOOEY.

E-Z väisti tuon räkänokan, mutta se melkein osui hänen pyörätuoliinsa.

FIZZLE.

POP.

POP.

E-Z oli taas sängyssään. Hikihelmiä valui hänen otsalleen.

Sillä välin Alfred jatkoi kuorsaamista sängyn päädyssä.

"Tuo oli vähän liian lähellä!" E-Z sanoi. "Läpäisivätkö ne suojakilven? Näkivätkö he meidät? Tietävätkö he, kuka olen ja missä asun?"

"Ei, pääsimme pois sieltä ennen kuin he pääsivät läpi", Reiki sanoi.

"Ehkä tämä on tyhmä kysymys, mutta miksi et vain POPannut meitä sisään ja ulos sieltä alun perin. Sen sijaan, että olisit käyttänyt aikaa lentää sinne asti - ja asettanut henkemme vaaraan?"

"Meidän piti NÄYTTÄÄ teille."

"Ennen taistelua... Miten sitä sanotaankaan..."

"Tarkoitatko tiedustelua?" E-Z kysyi.

"Niin, aivan oikein. Meidän piti näyttää teille. Teidän oli nähtävä se, omin silmin. Kaiken sen. Mitä teillä on vastassanne", Hadz sanoi.

"Ajattelimme, että se mitä oppisit, olisi riskin arvoista."

"Aika näyttää", E-Z sanoi.

"Anteeksi, jos menimme liian pitkälle", Hadz sanoi.

"Me todella ajattelimme sinun etuasi."

"Tiedän sen. Ja olen iloinen, että näin Sielunsieppaajat. Se, kuinka monta heitä oli - se todella järkytti minua."

"Niin, se järkytti meitä myös. Ja voit olla varma, että se järkytti myös arkkienkeleitä. Kun he näkivät sen ensimmäisen kerran."

"Sinun ei olisi pitänyt sanoa noin", Reiki sanoi.

POP.

Hadz katosi.

"Ei se mitään", E-Z sanoi.

"Ei se mitään."

"En vieläkään ymmärrä, mitä The Furies saa tästä irti? Mikä on heidän päämääränsä? Onko kukaan vielä keksinyt sitä?"

"He lisäävät lisää joka ikinen päivä. Yhä useampi lapsi pelaa pelejä ja joutuu heidän verkkoonsa."

"Mutta miksi ei ole julkista paheksuntaa? Eikö meidän pitäisi kertoa maailman johtajille, presidenteille, pääministereille? Eivätkö he voisi tehdä mitään?"

"Ajattele, mitä he tekisivät ensimmäiseksi? He lähettäisivät armeijan. Lisää ihmisiä kuolisi. Enemmän sielunsieppaajia tarvittaisiin ennen aikojaan.

"Pelaaminen on havaintojemme mukaan maailmanlaajuinen ilmiö. Pahat sisaret vievät pahaa-aavistamattomien lasten sieluja."

"Mutta useimmilla johtajilla on omia lapsia", E-Z sanoi. "Varmasti, jos he tietäisivät, he haluaisivat suojella lapsiaan ja he haluaisivat suojella myös muita lapsia."

"Enemmänkin Raivostuttajat kohdistuisivat heidän lapsiinsa. Se olisi kuin keppiä roikottaisi heidän edessään", Reiki sanoi.

POP.

Hadz oli palannut.

"He rakastaisivat sitä, jos he voisivat tuhota suuret ja voimakkaat lapset. Tällä hetkellä se, mitä he näyttävät tekevän, on satunnaista - pelin sisällä valittua", Reiki sanoi.

"Kerro lisää siitä, mitä tiedät heistä." E-Z kysyi.

Hadz kuiskasi: "Heidän nimensä ovat Allie, Meg ja Tisi. Allien kosto tarkoittaa vihaa, Megin kosto tarkoittaa kateutta ja Tisi tunnetaan kostajana."

"Okei, mutta miksi ne haisevat niin pahalle? Ja miten ne kolme voidaan voittaa?" E-Z kysyi katsoen kelloaan. Kello oli juuri menossa kahdeksan. Hänen oli puhuttava muun jengin kanssa saadakseen Rosalien takaisin. Miten hän kertoisi heille tästä kauheasta kolmikosta ja kaikista lapsista, jotka olivat niissä Sielunpyydyksissä?

"Legendan mukaan heitä rangaistiin siitä, että he tekivät työnsä, menneisyydessä. Nyt he ovat löytäneet tämän porsaanreiän virtuaalitodellisuuden avulla, joka on ihmisten uusi keksintö." Hadz epäröi. "Miksi ihmiset eivät koskaan halua elää elämäänsä nykyhetkessä? Miksi heidän täytyy paeta ja pelata typeriä pelejä, jotka vaarantavat heidän elämänsä?" Wannabe-enkeli oli punaposkinen ja äärimmäisen vihainen."

Reiki yritti lohduttaa ystäväänsä sanoen: "He eivät tiedä, mitä tekevät."

"Tietämättömyys ei ole mikään tekosyy", E-Z sanoi. "Meidän on lähetettävä heidät takaisin sinne, missä he olivat ennen VR:n keksimistä. Ja heidän on palautettava niiden lasten sielut, jotka he ovat vieneet väärillä tekosyillä. Ainoa asia on, MITEN meidän pitäisi vakuuttaa heidät siitä, että he tekevät väärin? Että he varastavat elämiä ja rankaisevat ihmisiä ajatuksista, eivät teoista?

"Nyt kun olen nähnyt vilauksen Furioista - tiedän, että meidän on autettava teitä enemmän kuin koskaan. Mutta minun on vielä vakuutettava muut. Vaikka he suostuisivatkin, taistelemme silti vastoin todennäköisyyksiä. Haluan olla positiivinen. Sano, että olemme tehtävien tasalla. Mutta emme tiedä varmasti, ennen kuin taistelun aika koittaa."

Hän löi tyynyään ja piti sitä sylissään. "Hetkinen, kuolivatko he? Tarkoitan, pakenivatko The Furies omia sielunpyydystäjiään? Ja jos pääsivät, niin miten? Kuka auttoi heidät ulos?"

Hadz katsoi Reikiä ja Reiki katsoi ja Hadzia.

POP.

POP.

He olivat poissa.

"Hienoa!" E-Z sanoi. "Aivan uskomattoman upeaa!"

KAPPALE 26
BALANCE

Vaikka E-Z yritti nukkua, hän ei pystynyt siihen. Hän ajatteli ja kyseli itseltään kysymyksiä. Kysymyksiä, joihin hän ei osannut vastata.

Niinpä hän nousi sängystä, napsautti tietokoneen päälle ja alkoi kaivaa tietoja.

Hän löysi kultaa ennen pitkää. Kun hän löysi linkin The Furies and the Three Graces. Ne näyttivät olevan kuin toistensa yin ja yang. Toinen hyvä ja toinen paha. Hän mietti, voisivatko he käyttää tätä tietoa hyödykseen. Jos pahat jumalattaret voitiin tuoda maan päälle, voisivatko myös hyvät jumalattaret kutsua takaisin?

Ensin hän ehdotti, että arkkienkelit toisivat heidät takaisin - edellyttäen, että he pystyisivät siihen. Hän halusi tietää tarkalleen, mitä Armolaiset toivat pöytään.

Kyllä, he olivat jumalattaria. Taivaanjumala Zeuksen tyttäriä. Heidän voimansa kohdistuivat viehättävyyteen, kauneuteen ja luovuuteen. Hän luki eteenpäin, mutta ei nähnyt, miten heistä olisi paljon apua Furioita vastaan.

Hänellä oli kuitenkin aikaa, joten hän jatkoi lukemista Hän luki jotakin Nietzscheen liitettyä tekstiä. Hänen teorioistaan hyvästä ja pahasta keskusteltiin yhä foorumeilla.

Sitten hänen päähänsä ponnahti muisto. Se tapahtui harvemmin, muistoja palasi hänen mieleensä hänen vanhemmistaan. Hän toivoi, etteivät ne koskaan loppuisi.

Tämä oli keskustelu hänen isänsä kanssa. Newtonin kolmannesta laista. He olivat lähteneet veneellä kalaan.

"Sen avulla kala liikkuu vedessä", isä selitti.

Sen jälkeen hän oli oppinut siitä lisää koulussa. Hän ajatteli, että Newton ja Nietzsche olisivat käyneet mielenkiintoisia keskusteluja. Mutta heidän elämänsä olivat tuhansien vuosien päässä toisistaan.

Sitten hän tajusi sen. Hän, Lia ja Alfred olivat raivojen vastakohta.

Tiesivätkö arkkienkelit jo tämän? Siksikö he näyttivät pitävän niin kovasti kiinni siitä, että vain hän ja hänen ryhmänsä voisivat voittaa Furiat?

Kysymys, joka pyöri hänen mielessään, oli kuitenkin edelleen - voisivatko he voittaa?

Oliko raivojen pysäyttäminen edes mahdollista?

Hänen oli keskusteltava asiasta muiden kanssa.

Hän sammutti tietokoneen ja meni takaisin nukkumaan ennen kuin muut heräsivät.

Kaikki odottivat, että hänellä olisi kaikki vastaukset. Hänellä ei ollut niitä, mutta hän teki parhaansa. Sen jälkeen kun hänestä tuli johtaja, elämä oli sellaista.

KAPPALE 27

PUNAINEN HUONE

E-Z oli punaisessa huoneessa. Huoneessa, joka haisi verelle. Voimakas raudan haju sattui hänen nenäänsä, ja hän peitti sen kädellään ja käveli sitten muutaman askeleen eteenpäin. Hänen askeleensa jättivät jälkiä veriseen lattiaan. Missä hän oli? Helvetissä? Ainakin hän pystyi juoksemaan tänne, mutta minne? Ovia ei ollut. Ei ikkunoita. Ei minkäänlaista valoa, ja silti hän näki, että kaikki oli punaista. Ja märkää.

Hän otti puhelimensa esiin ja napsautti taskulamppusovelluksen. Taskulampun säteen avulla hän seurasi seiniä ympärillään. Ne olivat kaikki samanlaisia. Verisiä ja valuvia. Ja haisevia. Hän odotti. Avun kutsuminen ei tuntunut fiksulta. Hänen olisi ehkä parempi, jos se, mikä toi hänet tähän paikkaan, ei tulisi häntä vastaan. Hän ei mieluummin tapaisi niitä. Taskulampun säde sammui ja hänen puhelimensa sammui. Hän pelkäsi liikkua, seisoi paikallaan ja kuunteli.

Ryömintää, jotain. Luikertelua, pitkin lattiaa. Yksi tuli seinää pitkin oikealle ja toinen vasemmalle. Kolme. Käärmeitä.

Sitten huoneen ilma muuttui, ja tuttu haju alkoi tuntua. Mätänevä. Munainen. Rikkinäinen. Mätänevä ruho.

Hän peitti nenänsä. Kuten ennenkin, se ei peittänyt vastenmielistä hajua.

Hän odotti.

He siis halusivat hänet yksin. He saivat hänet. Hän varmistaisi, että he katuisivat sitä, jos se olisi viimeinen asia, jonka hän tekisi.

"Voisimme syödä sinut aamiaiseksi", Tisi huusi.

"Tai lounaan", Alli sanoi. "Olen loppujen lopuksi vähän nälkäinen."

"Tai iltapäiväteetä, eihän häntä ole paljon. Ei meille kolmelle jaettavaksi", Meg sanoi.

E-Z keskittyi joka kuidullaan siipiinsä. Ne olivat hänen ainoa toivonsa paeta, ja ne olivat hyödyttömiä.

"Katso!" Meg huusi. "Se yrittää käyttää pikkuruisia siipiään."

Tisi ja Alli nostivat itsensä ylös. Meg liittyi heidän seuraansa, kun he leijailivat juuri ja juuri sen ulottumattomissa.

Hänen jalkojensa alla lattia tärisi ja jyrähteli. Kuin se olisi aukeamassa ja nielaisemassa hänet. Hän perääntyi tukeutuakseen seinää vasten. Mutta kun hän kosketti sitä, hänen paitansa tuntui märältä. Ja kun hän laski kätensä sen päälle, se palasi takaisin verisenä.

"En minä pelkää, teitä kolmea ämmää!" hän huusi.

"Ehkä sinä et pelkää meitä - vielä -" Meg kiljui.

"Mutta pelkäätte hyvin pian", Tisi sivalsi.

"Toistaiseksi voit hoitaa nämä kolme", Meg kuiskasi, ja hänen pahanhajuinen hengityksensä sai hänet melkein oksentamaan.

Kolme käärmettä käyttivät korkeuttaan hyväksi ja syöksyivät häntä kohti. Niiden haarautuneet kielet sylkivät ja sylkivät. Sitten ne alkoivat kietoutua toistensa ympärille. Liittyen toisiinsa, kietoutuen yhteen. Kunnes niistä tuli yksi jättiläismäinen käärme, jolla oli kolme päätä ja kolme ruoskaa. Piiskat, jotka napsahtivat E-Z:n suuntaan pitääkseen hänet paikallaan.

Hän työnsi itsensä kauemmas taaksepäin. Hänen takanaan ryöppyävän veren kuuleminen lohdutti häntä jotenkin. Hänen vartalonsa rentoutui, kun hänen selkänsä painui nurkkaan veristä valuvaa seinää vasten.

"Katso häntä", Tisi sanoi. "Hän on vain poika, eikä hän ole tehnyt kenellekään pahaa. Itse asiassa hän on niin kiltti, että on sääli, että meidän on tuhottava hänet."

"Kyllä, hänen sydämensä on puhdas", Meg sanoi. "Mutta hänen sydämessään on musta piste. Koston tahra, jonka hän haluaisi kostaa niille, jotka olivat vastuussa hänen vanhempiensa kuolemasta."

"Älä puhu vanhemmistani!" E-Z huusi työntyen yhä syvemmälle veriseen seinään. Häntä pelotti. Pelkäsi, että se, mitä he sanoivat, oli totta. Hän sulki silmänsä. Jos hän ei näkisi heitä, ehkä he lähtisivät pois. Sitten jokin hänen takanaan antoi periksi. Ja hän putosi vapaaseen pudotukseen, taaksepäin. Kaatui. Putoaminen.

THUMP

Hän laskeutui pyörätuoliinsa, ja he lensivät.

Takaisin Punaisessa huoneessa raivostuivat raivoissaan!

"Menkää hänen peräänsä!" Tisi huusi.

"Napatkaa hänet!" Meg huusi.

"On liian myöhäistä!" Alli sanoi. "Ihan kuin hän olisi kadonnut!"

"Mennään takaisin Kuolemanlaaksoon", Meg sanoi. He lähtivät ja jättivät Punaisen huoneen tyhjäksi. Mutta heidän löyhkänsä viipyi yhä.

THUMP.

"Sinä vuodat verta", Sam sanoi. "Viedään hänet kylpyhuoneeseen. Voimme nähdä, miten pahasti hän on loukkaantunut." Sam työnsi pyörätuolia kohti ovea.

"Ei, pysähdy!" E-Z sanoi. "Olen kunnossa. Veri ei ole minun. Mutta minun täytyy peseytyä. Pestä haju pois. Sitten selitän, mitä tapahtui. Lupaan sen."

"Kunhan olet varma, että olet kunnossa", Sam sanoi.

Hänen lähdettyään Sam, Lia ja Alfred eivät keksineet mitään sanottavaa toisilleen. He odottivat hiljaisuudessa, että hän palaisi.

Kylpyhuoneessa E-Z asetti pyörätuolinsa luiskaan. Kun he rakensivat talon uudelleen, Sam-setä keksi hänelle uuden suihkun. Se antoi hänelle lisää itsenäisyyttä. Ja se oli hauskaa!   Se muistutti autonpesua.

Hän kurottautui ylös ja työnsi kätensä ja kaulansa hihnojen läpi. Hän painoi nappia, jolloin hän liikkui eteenpäin, ja tuoli seurasi häntä. Välittömästi vesi alkoi virrata. Puhdistaen hänen vartalonsa ja vaatteensa samanaikaisesti. Aina silloin tällöin suihkugeeliä tai shampoota roiskui ulos, ja sen jälkeen vesi pesi sen pois.

Nyt kun hän oli puhdas, hän jatkoi liikkumista eteenpäin ja käynnisti kuivausmekanismin. Se kuivasi hänet ja hänen vaatteensa ja teki niistä rypyttömiä muutamassa minuutissa.

Kun hän oli päässyt päätepisteeseen, hän irrotti hihnat ja laskeutui tuoliinsa. Hän tarkasteli itseään peilistä. Hänen hiuksensa näyttivät jo niin hyvältä, ettei niitä tarvinnut edes kammata. Hän lähti takaisin huoneeseensa. Kun hän näki ystävänsä, hänen vatsansa vavahti ja hän oksensi.

"Olen pahoillani", hän sanoi. "Todella pahoillani."

Lia ja Alfred heittivät kätensä hänen ympärilleen. He eivät olleet huolissaan oksennuksesta. Hartaat ystävät eivät murehdi sellaisista asioista.

Sam meni hakemaan kulhoa ja vettä puhdistaakseen veljenpoikansa.

E-Z oli kiitollinen avusta, ja se antoi hänelle aikaa miettiä, mitä hän aikoi sanoa ja miten hän aikoi sanoa sen.

"Kiitos, Sam-setä. Uh, mitä minun on kerrottava sinulle. Se ei ole kaunista."

"Jatka vain", Alfred sanoi.

"Me olemme täällä sinua varten", Lia sanoi.

"Istu alas, Samu-setä."

He listasivat kaiken sanomatta sanaakaan.

"Olen mukana", Alfred sanoi.

"Minä myös", Lia sanoi.

"Minä kolme", Sam sanoi.

"Sovittu", E-Z sanoi. Ja sekuntia myöhemmin hän oli matkalla takaisin valkoiseen huoneeseen. Tai sinne hän toivoi olevansa menossa.

Mikä tahansa oli parempi kuin punainen huone. Minne tahansa.

KAPPALE 28

VALKOINEN HUONE

Valkoinen huone tuntui jotenkin erilaiselta, kun hänen jalkansa koskettivat maata.

E-Z tunsi itsensä niin onnelliseksi ollessaan takaisin valkoisen huoneen mukavuudessa. Missä hän saattoi kävellä ympäriinsä. Koskettaa kirjoja. Haistella kirjoja. Mutta jokin tuntui oudolta. Pois päältä.

Hän vakautti itsensä. Hän huomasi, että hänen kätensä tärisivät. Hänen polvensa tärisivät. Nyt hänen hampaansa kolisivat.

Hän kietoi kätensä ympärilleen ja toivoi, että olisi ottanut takkinsa mukaan. Hän odotti odottaen, että takki saapuisi. Sitä ei tullut.

"Mikä tämä paikka on?" hän kysyi.

Ei vastausta.

"Juustohampurilainen ranskalaisilla", hän sanoi.

Ei mitään.

"Chop suey, munakääryleen kanssa", hän sanoi auktoriteetillisemmin.

"Vaadin saada tietää, missä olen!" hän huusi.

Ei mitään.

Nadda.

"Rosalie?" hän huusi. "Oletko siellä? Eriel? Raphael? Onko siellä ketään? Hadz? Reiki?"

Taas ei mitään.

Ei edes kohteliasta PFFT:tä, joka saisi hänet rentoutumaan.

Kirjojen tuttuus oli ainoa ankkuri, joka piti hänet tässä paikassa. Hän eteni tikkaille ja siirsi ne D:n alle. Odottaen löytävänsä Charles Dickensin hän alkoi kiivetä. Sen sijaan hän huomasi, että jokainen kirja, johon hän koski, liittyi pelimaailmaan.

Mitä ihmettä?

Eikä yhdessäkään kirjassa ollut siipiä. Ne olivat kaikki upouusia. Kuin kukaan ei olisi avannut niitä aiemmin.

Hän melkein putosi tikkailta, kun ääni sanoi,

"E-Z Dickens - tämä ei ole sinulle tuttu valkoinen huone. Se on kopio. Sinut on lähetetty tänne tutkimaan. Jokainen tarvitsemasi kirja on käden ulottuvilla. Jokainen kirja on luettava ja tarkistettava kokonaan."

"En voi lukea kaikkia näitä kirjoja nopeasti; minulta kestäisi vuosia käydä kaikki nämä kirjat läpi!" "En voi lukea kaikkia näitä kirjoja nopeasti!"

"Siksi sinulle annetaan lisävoima. Voiman, joka tulee voimaan vain tämän huoneen seinien sisällä. Lue nyt. Nopeasti. Raivokkaasti. Paina kaikki mieleesi."

Kun tuo ääni loppui, toinen alkoi,

"Kymmenen, yhdeksän, kahdeksan, seitsemän, kuusi, viisi, neljä, kolme, kaksi, yksi. Lue nyt E-Z Dickens. Jatka vain."

E-Z kiersi jokaisen kirjan läpi.

Kun hän oli saanut yhden loppuun, toinen putosi heti hänen käteensä. Sitten toinen ja toinen.

Hän luki ne kaikki, kunnes ei enää jaksanut lukea.

Hän toivoi, ettei hänen päänsä räjähtäisi!

Sitten hän lankesi seinää vasten, peruutti nurkkaan ja itki, kun hänen mielessään muotoutui suunnitelma.

Idea tuli hänelle mieleen, kun hän ajatteli PJ:tä ja Ardenia. Miksi Furies oli laittanut heidät koomaan sielunsieppaajien sijasta? He olivat mukana pelissä - he pelasivat pelejä koko ajan, miksei heitä voitu tappaa?

Suunnitelma meni näin: Hän ja hänen tiiminsä keksisivät oman moninpelinsä. Sam tuntisi ihmisiä, jotka voisivat auttaa alalla. Kun raivohullut hyökkäävät hakemaan heidän sielunsa - he tappaisivat heidät.

Hän toivoi, että Arden ja PJ olisivat mukana pelaamassa hänen kanssaan - koska he tukisivat häntä. Ei se mitään, hän suojasi heitä. Hän aikoi pelastaa heidät ja vapauttaa heidät.

Hän käveli edestakaisin miettien kaikkea. Yksi näkökohta ei toimisi. Jos hän ottaisi hänet mukaan leikkiin ja kieltäytyisi tappamasta - he olisivat hänen jäljillään. Ja se saattaisi vaarantaa muutkin.

Ei hän voisi käskeä kaikkia maailman pelaajia lopettamaan pelaamista. Jos hän kertoisi heille totuuden kolmesta jumalattaresta, jotka yrittävät varastaa heidän sielunsa, hänet vangittaisiin.

Se oli kuitenkin ainoa vaihtoehto. Ainoa selkeä tie, jolla hän pystyi voittamaan raivostuttajat heidän omassa pelissään.

Alistuneena siihen, että hän ei voinut keksiä mitään parempaa, hän sanoi: "Viekää minut pois sieltä."

Ja juuri niin hän oli yksin oikeassa valkoisessa huoneessa Rosalien ja Rafaelin kanssa. Hän ihmetteli, missä Eriel oli, ei sillä, että hän olisi kaivannut häntä.

"Okei, minulla on idea. Jonkinlainen suunnitelma", hän sanoi. "Mutta en ole varma, toimiiko se. Tarvitsen vastaukset kahteen kysymykseen. Ja minulla on pyyntö kolmanteen - pyyntö ei ole neuvoteltavissa."

"Kysy pois", Rafael sanoi.

"Numero yksi: pystynkö pelastamaan parhaat ystäväni PJ:n ja Ardenin, jos kohtaamme Furiat?"

Raphael epäröi ennen kuin puhui. "Jos onnistut, ei ole mitään syytä, miksi ystäväsi eivät pelastuisi."

"Vannotko sydämesi nimeen?" hän sanoi.

Hän teki niin.

"Kuten epäilin, heidän tilansa on Furioiden syytä. Onko näin?"

"Kyllä, uskomme sen olevan totta. Ystäväsi ovat tavallaan onnekkaita, koska heidän sielunsa ovat säilyneet koskemattomina. Se, mitä emme saa selville, on se, miksi, eli jos he joutuivat Furien kohteeksi. Kaikissa muissa tiedossamme olevissa tapauksissa he ovat vieneet lasten sielut. Emme tiedä muita ystävienne kaltaisia, jotka olisivat pysyneet koomassa elossa."

"Minulla on siitäkin käsitys, mutta minun on tiedettävä, että jos Furiat kukistetaan, mitä tapahtuu PJ:lle ja Ardenille? Mitä tapahtuu kaikille niille lapsille, joiden sielut ovat jo sielunsieppareissa? Heidän ei pitänyt kuolla. Ja mitä tapahtuu kodittomille sieluille?"

"Juuri nyt Furiat käyttävät internetin voimaa. Se antaa heille pääsyn jokaisen ihmisen sydämiin ja koteihin planeetalla. Aivan kuin te kaikki olisitte jättäneet ovenne ja ikkunanne auki - joten kuka tahansa voi päästä sisään. On totta, että Furioita on vain kolme - mutta heidän voimansa ovat suuret. He ovat myyttisiä olentoja, jumalattaria, joiden alkuperä juontaa juurensa Zeukseen. Olettehan kuulleet Zeuksesta?"

"Luin, että hän oli taivaan jumala ja Kolmen armon isä. Pystyisivätkö he auttamaan meitä, jos toisit heidät takaisin?"

"Zeus ei ole tässä mukana. Eivätkä hänen tyttärensä. Me arkkienkelit emme leiki ajalla. Ja me olemme aina uskoneet, että sielunvartijat ovat pyhiä. Koskemattomia. Kunnes nyt."

"Hienoa, uskotte siis, että raivostuttajat ovat joutuneet ystävieni kohteeksi, mutta ette ole aivan varmoja. Et sen enempää kuin minäkään, vai mitä?"

"Aivan. Koska en voi sanoa sataprosenttisesti kyllä tai ei. Jos ystäväsi pelasivat pelejä. Tarkoitan tappamista pelien sisällä... Silloin he täyttäisivät Furien kriteerit.

"Mutta jos he halusivat heidät hengiltä - he olisivat jo kuolleita. Ellei... Ei, siinä ei olisi järkeä. Se tarkoittaisi, että he tietäisivät sinusta ja tiimistäsi. He eivät voi mitenkään tietää. Olemme pitäneet sen salassa. Jos he tietäisivät, he pitäisivät ystäviänne elossa siltä varalta, että tarvitsisivat vaikutusvaltaa."

"Tarkoitatko neuvotteluvaltiksi?" "Tarkoitatko neuvotteluvaltiksi?"

"Mahdollisesti, rehellisesti sanottuna en tiedä. Kuten sanoin, olemme pitäneet kaiken sinusta ja tiimistäsi salassa. Me, minä ja muut arkkienkelit mukaan lukien, tekisimme mitä tahansa suojellaksemme sinua.

"Furioille on annettu voimia vuosisatojen aikana. Mutta he eivät ole koskaan kohdistaneet niitä viattomiin lapsiin. He eivät ole koskaan vääntäneet agendaansa omien tarkoitusperiensä mukaan."

"Mitkä ovat heidän tarkoituksensa?" E-Z kysyi.

"Sitä emme tiedä."

E-Z sanoi: "Siksi meillä on oltava parhaat mahdollisuudet, jotta voimme voittaa heitä vastaan."

"Aivan, mutta joka päivä he varastavat lisää lasten sieluja, ja he nopeuttavat prosessia."

"Nopeutetaan, kuinka paljon?" E-Z kysyi.

"Tuhansissa, uskomme, mutta pian se on miljoonissa. Pian on liian myöhäistä pysäyttää heidät."

"Okei, ymmärrän, mikä tässä on vaarassa, mutta olemme vain lapsia emmekä halua mennä sokeasti. Me olemme kuolevaisia ja niin ovat hekin. Meidän on ajateltava, harkittava kaikkia vaihtoehtoja ennen kuin riskeeraamme henkemme."

"Ymmärrämme, ja kuten sanoin, me tuemme teitä."

"Nyt seuraavaan kysymykseeni, haluan tietää, mitä minun pitäisi tehdä kymmenvuotiaan Charles Dickensin kanssa?"

"Ai että", Rafael sanoi. "Ensinnäkin, meillä ei ollut mitään tekemistä hänen jälleensyntymisensä kanssa. Meillä on teoria sen lisäksi, jonka kerroimme sinulle, eli että sinä kutsuit hänet. Mietimme, oliko hänen paluunsa, virhe heidän puoleltaan. Ehkä maailmankaikkeus avautui ja lähetti hänet auttamaan teitä tasapainon vuoksi. Onhan hän verisukulainen. Ja hän on tarinankertoja ja juonen mestari. Hänellä saattaa olla työkaluja ja oivalluksia, joista et vielä tiedä, ja jotka auttavat sinua voittamaan Raivon."

E-Z valitsi sanansa huolellisesti. "Mutta hän on lapsi. Hän ei ole vielä kirjoittanut yhtään juttua. Hänestä tulee häiriötekijä, ja hän on eri ajasta ja saattaa vaarantaa meidät ja tehtävämme."

"Riippuu siitä", Rafael sanoi. "Hän voi olla salainen ase. Hän on täällä sinua varten. Jos uskot häneen. Että hän on syntynyt kirjailijaksi. Silloin hänellä on jo kymmenvuotiaana kaikki tarvittavat taidot. Käytä häntä hyväksesi, jos niin päätät tehdä."

E-Z puristi nyrkkinsä yhteen. "Tarkoitatko, että meidän pitäisi käyttää serkkuani syöttinä?"

Rafael naurahti ja räpytteli ympäriinsä aiheuttaen tarpeetonta tuulahdusta.

"Auttaisi, jos lakkaisit räpiköimästä niin paljon", Rosalie sanoi. "Olen kerrostunut villapaitoihin, en silti tunnu lämpenevän täällä. Haluaisin muuten mennä nyt kotiin. E-Z ja muut ovat suostuneet, joten olen tehnyt oman osuuteni. No niin, näkemiin, hyvästi. Antakaa minun mennä kotiin."

BINGO.

Rosalie katosi ja laskeutui takaisin huoneeseensa. Hän keskusteli mielessään Lian kanssa ja kertoi tälle, että oli palannut vahingoittumattomana ja aikoi nyt ottaa päiväunet.

E-Z ajatteli toista ei-neuvottelukelpoista vaatimusta.

"Haluan Hadzin ja Reikin mukaani, tiimiimme."

Rafael hymyili. "Hadzin ja Reikin on sitonut Erieliin johtajamme Mikael."

"Anna minun sitten puhua hänen kanssaan. Nuo kaksi ovat auttaneet meitä. He tulevat, kun kutsun. Jos aiomme taistella muinaista pahaa vastaan, tarvitsemme nuo kaksi rinnallemme auttamaan meitä."

"Mikael ei voi puhua kanssasi. Esitän kuitenkin pyyntösi. Jos hän katsoo sen tarpeelliseksi, hän ilmoittaa minulle, ja minä puolestaan ilmoitan sinulle. Onko vielä jotain muuta?"

"Kyllä. Minun on saatava tietää, miten pääsen eroon Furioista. Onko meidän tarkoitus tappaa ne? Lähettää heidät takaisin sinne, mistä he ovat tulleetkin? Mitä tarkalleen ottaen pyydät meitä tekemään näille jumalattarille?"

"Sitokaa heidät, pitäkää heidät - ja me hoidamme loput. Jos suunnitelmasi toimii, meidän pitäisi pystyä ottamaan sielunpyytäjät hallintaamme. Palautamme kaiken ennalleen."

"Entä ne, jotka kuolivat ennenaikaisesti?"

"Kaikki tasataan... kunhan viholliset on neutralisoitu."

"Ennen kuin lähetätte minut takaisin", E-Z sanoi, "tarvitsen jotakin, jonkinlaisen vakuutuksen siitä, ettette aio enää pettää meitä. Hadzin ja Reikin antamisen meille oli tarkoitus olla se vakuutus, mutta koska ette voi antaa sitä, tarvitsen jotain muuta. Jotain, jonka voin viedä takaisin muille ja sanoa, että tämä on todiste siitä, etteivät he petä meitä, kuten he ovat tehneet aiemmin."

"Kuten mitä?"

"Silmälasisi riittävät", hän sanoi.

Raphael lankesi polvilleen, hänen siipensä lakkasivat räpyttelemästä ja taantuivat. "Ei sitä, kaikkea muuta kuin sitä", hän huusi. "Ilman lasejani minusta ei ole apua sinulle eikä kenellekään."

"Arkkienkelit ovat pitäneet Rosalieta täällä vastoin hänen tahtoaan. Käyttivät häntä päästäkseen käsiksi minuun. Olette muuttaneet mieltänne annetuista lupauksista, peruuttaneet koettelemuksiani..."

Hän kosketteli silmälasiensa reunoja ja otti ne sitten pois. Hänen käsissään lasit muuttuivat käärmeeksi, punaiseksi käärmeeksi, joka ryömi E-Z:n käsivarteen ja luikerteli ylös, ylös, ylös.

"Mitä ihmettä!" E-Z huusi, kun käärme jatkoi matkaansa hänen kaulaansa pitkin. Hänen leukansa reunan yli. Se luikerteli hänen tiukasti suljettujen huuliensa yli. Ylös ja hänen nenänsä yli. Sitten se puolitti itsensä ja kietoutui kummankin korvan ympärille. Sitten palasi alkuperäiseen tilaansa sykkiviin silmälaseihin.

"Silmälasini ovat nyt sinun, mitä ikinä teetkin - älä anna Furien viedä niitä sinulta. Jos niin käy, me kaikki tuhoutuisimme."

"Odota!" ääni seinältä sanoi. "Entä jos epäonnistut? Olettehan te vain lapsia."

"En voi luvata onnistumista - mutta annamme kaikkemme. Mutta olisi hyvä tietää, että jos tarvitsemme apuanne, te käytätte voimianne auttaaksenne meitä."

"Sovittu", ääni pauhasi.

E-Z istui taas pyörätuolissaan huoneessaan, punaiset lasit sykkivät hänen kasvoillaan.

"Sinun on lopetettava tuo", sanoi Sam-setä, joka oli petaamassa veljenpoikansa sänkyä. "Ennen kuin unohdan, Sam ja minä kävimme tänään PJ:n ja Ardenin luona, kun teimme tarkastuksen sairaalassa. Törmäsimme PJ:n isään; hän kertoi meille kuulumisia. He jakavat nyt sairaalahuoneen, mutta kummankaan tila ei ole muuttunut."

"Kiitos, aioin soittaa heille. No niin, kaikki, kokoontukaa tänne."

KAPPALE 29

MITÄ SEURAAVAA?

"Tarvitsetko minua jäämään?" Sam piti tauon. "Koska vaimoni odottaa, että hieron hänen jalkojaan. Vauva syntyy minä päivänä hyvänsä, joten hänen odottamisensa ei ole vaihtoehto."

"Mene vain hoitamaan häntä", E-Z sanoi. "Kerron sinulle yksityiskohdat myöhemmin."

Lia halasi Samia.

"Kiitos", Sam sanoi sulkiessaan oven takanaan.

Etuovikello soi.

"Sain sen!" Sam huusi juostessaan kohti ulko-ovea.

"Hänellä on paljon tekemistä", E-Z sanoi.

"Se on helpompaa, kun vauva tulee", Lia sanoi.

"Siitä tulee kaoottisempaa", Alfred sanoi. "Mutta ei murehdita sitä nyt."

"No, mitä uutta?" Lia kysyi.

"Aloita positiivisista, jos niitä on. Toivon todella, että niitä on", Alfred sanoi.

"Hyvä uutinen on, että minulla on idea. Surullinen uutinen on, että minulla ei ole aavistustakaan, toimiiko se vihollisiamme vastaan. Heidät tunnetaan nimellä Furies. Onko kumpikaan teistä kuullut heistä? Tiesin nimen mytologiasta, ja ne esiintyvät joissakin peleissä."

Lia pudisti päätään ei.

Alfred sanoi: "Olen kuullut niistä, mutta siitä on kauan aikaa. Luulen, että luimme niistä lukiossa, aikoinaan. Muistan kyllä, että he olivat pahoja - ehkä kolme heistä? Eivätkö he olekin jumalattaria? Minulla on mielessäni kuva Medusasta. Oliko niillä sukua?"

"Ne ovat pahempia. Paljon pahempia, koska niitä on kolme", E-Z sanoi. "Kun oksensin, no, se oli heti toisen kohtaamiseni jälkeen. Ensimmäisessä kohtaamisessa se oli matkalla Hadzin ja Reikin kanssa. He kutsuivat sitä pieneksi tiedusteluksi. Ja älä huoli, olimme verhoutuneita, mutta opin paljon. He ovat perustaneet päämajan Death Valleyyn.

"Kuten epäilimme, heidän kohteensa ovat lapset. Pelimaailmassa. Lia, kysyit, mikä heidän tarkoituksensa on... Se on ajaa lapset yli rajan. Meidän ikäisiämme ja jopa nuorempia.

"Kun he saavat heidät, he varastavat heidän sielunsa. Ja he laittavat ne sielusieppareihin, jotka on tarkoitettu muille ihmisille. Kun he kuolevat, heidän sielunsa eivät pääse minnekään."

"Se on niin pahaa!" Lia sanoi.

"Kun sielusieppareiden oikeat omistajat kuolevat, mitä heidän sieluilleen tapahtuu? Tarkoitan, että jos heidän sieluillaan ei ole paikkaa, minne mennä - ei kotia, ei taivasta - mitä heille sitten tapahtuu?" Alfred kysyi.

"Siinäpä se onkin. Niillä ei ole ikuista lepopaikkaa - joten kun ne kuolevat, ne vain leijuvat ympäriinsä. Se on ainakin tiivistetty versio. Ja meidän on pysäytettävä Raivostajat, ja meidän on pysäytettävä ne pian."

"Miten ne ottavat lasten sielut? En ymmärrä", Lia kysyi.

"En minäkään", Alfred sanoi. "Lapset, varsinkin ne, jotka pelaavat pelejä, ovat hyvin tietokonevarmoja. Miten he asettavat itsensä vaaraan? Miten Furiet pääsevät käsiksi heihin heidän omissa kodeissaan, aivan heidän vanhempiensa nenän alla?" Hän mietti hetken: "Ovatko he vastuussa siitä, että PJ ja Arden ovat koomassa?" Hän mietti hetken: "Ovatko he vastuussa siitä, että PJ ja Arden ovat koomassa?"

"Okei, Lian kysymys ensin. Furiat rankaisevat niitä, jotka jäävät rankaisematta - se on ollut niiden tarkoitus historiallisesti. Heidän tärkein aseensa on aina ollut katumus. He saavat ihmiset tuntemaan syyllisyyttä. Kaduttamaan väärin tekemistä. Ja kun he tekevät sen, he ottavat vallan. He ajavat heidät hulluiksi, saavat heidät tuhoamaan itsensä.

"Kerroin siitä pojasta, joka tuli kotiini ja yritti ampua minut. Hän sanoi, että joku pelissä kertoi tappavansa hänen perheensä, jos hän ei tapa minua. He saivat hänet jahtaamaan minua, koska hän toimi pelissä. Tarvitsin Erielin vihjeen, ennen kuin tajusin yhteyden. Se tuntui silloin oudolta, mutta en tajunnut sitä heti.

"Niin he tekevät sen. Lapsi pelaa peliä, ja edetäkseen pelissä hänen on tapettava joku, tai jopa tehtävä joukkomurha, tai, no, ymmärrätte varmaan, mitä tarkoitan. Oikeassa maailmassa nämä asiat ovat syntejä ja lain vastaisia, pelissä ne ovat osa pelaamista. Useimmissa peleissä se on ainoa tarkoitus."

"Hetkinen", Alfred sanoi. "Väitätkö, että lapsia rangaistaan pelissä niin kuin he syyllistyisivät murhaan oikeassa elämässä?"

"Aivan oikein", E-Z sanoi. "Juuri niin he tekevät. Miten he käyttävät peliteollisuutta oikeuttamaan - ei, en usko, että se on oikea sana. Tarkoitan, että he suvaitsevat heidän tekonsa lasten sielujen viemiseksi."

Lia sulki kätensä ja teki niistä nyrkit. Sitten hän peitti niillä korvansa kuin ei olisi halunnut kuulla enempää. "Olet aivan oikeassa E-Z. Meillä ei ole vaihtoehtoa - meidän on ehdottomasti tehtävä loppu noille noidille. Mitä pikemmin, sen parempi."

"Tiedän", E-Z sanoi, "mutta se ei tule olemaan helppoa. He ovat jumalattaria, jotka tunnetaan myös nimillä Pimeyden tyttäret ja Erinjat. Heidän ykköstarkoituksensa on rangaista jumalattomia, ja pelin puitteissa - kaikki ovat jumalattomia. Se on ainoa tapa edetä pelissä."

"Sanoit, että sinulla on suunnitelma, mikä se on?" Alfred kysyi.

"Ensin vastaisin kysymykseesi PJ:stä ja Ardenista. Vaistoni mukaan vastaus on kyllä. Mutta kysyin Rafaelilta, voisiko hän vahvistaa asian. Hän sanoi, ettei voi sataprosenttisesti sanoa suuntaan tai toiseen. Koska The Furies ei ollut koskaan - tietääkseen - kävellyt pois varastamasta sielua. Puhumattakaan kahdesta sielusta.

"Ai niin, vielä yksi asia, joka minun on kerrottava teille, on se, että Kuolemanlaaksossa on tuhansia sielunpyytäjiä. Ehkä enemmän kuin tuhansia, ja niiden määrä kasvaa joka ikinen päivä. Niitä on niin kauas kuin silmä kantaa." Hän pysähtyi, aivan kuin hänen sydämensä olisi ollut kurkussa, ja pyyhki kyyneleen pois.

"Oli vaikeaa olla todistamassa sitä. Se, mitä he tekevät, on niin harkittua, harkittua. En kuitenkaan ymmärrä, mitä he siitä hyötyvät. Tarkoitan, että Hadz ja Reiki olivat oikeassa viedessään minut sinne katsomaan sitä. Jos he olisivat kertoneet minulle näyttämättä sitä... se ei olisi iskenyt minuun niin kovaa. Ja Raphael sanoo, että he lisäävät saantia päivittäin. Joten meillä ei ole paljon aikaa istua ja miettiä. Tarvitsemme suunnitelman ja meidän on ryhdyttävä toimiin."

"Ovatko ne kuolevaisia?" Alfred kysyi.

"Kyllä, olemme tasoissa sen suhteen", E-Z sanoi. "Joten keksimäni suunnitelma oli tehdä oma pelimme.

Setä Samuli voisi auttaa. Kun minä pelaan leikkimällä tappoja, niin Raivotar tulee hakemaan minut. Kun he tulevat, me saamme heidät ansaan ja tapamme heidät pelissä.

"Ajattelin, että heidän voimansa saattaisivat heikentyä pelissä. Mutta sitten minulle tuli mieleen - entä jos minunkin voimani heikkenevät."

"Emme saisi tietää, ennen kuin olisi liian myöhäistä", Alfred sanoi.

"Aivan oikein. Mitä enemmän ajattelin asiaa, sitä tehottomammalta ajatus tuntui. Puhumattakaan siitä, että jos heillä on PJ ja Arden, jumissa limbossa, kunnes he hallitsevat... No, he voisivat ottaa heidän sielunsa pois. Ja me menettäisimme heidät."

"Tarkoitatko, että se voisi olla ansa?" Lia kysyi.

"Juuri niin."

"Olet antanut meille paljon ajateltavaa", Alfred sanoi. "Minusta meidän pitäisi nukkua yön yli, miettiä asiaa ja puhua siitä huomenna uudelleen."

"En ole varma, pystynkö nukkumaan", Lia sanoi, "mutta olen samaa mieltä, pidetään tauko. Tarvitsen aikaa miettiä, kuinka suureen vaaraan me joudumme. Meidän on varmistettava, että pidämme toistemme selustaamme."

"Totta kai", E-Z sanoi. "Sillä välin katson, josko keksisin B-suunnitelman."

Lia poistui huoneesta ja sulki oven takanaan.

"Kukahan oli etuovella?" E-Z kysyi.

"Voimme kysyä Samilta aamulla, hänellä on varmaan vielä kiire hoitaa vaimonsa jalkoja."

He nauroivat. "Kuulostaa hyvältä suunnitelmalta", E-Z. "Hyvää yötä, Alfred."

"Hyvää yötä, E-Z."

KAPPALE 30

OOOH, BABY BABY

"Vauva on tulossa!" Sam huusi joitakin tunteja myöhemmin.

Matkalla käytävää pitkin hän piti Samanthan kättä toisessa kädessä. Hänen olkapäällään roikkui yöpymislaukku. Hän tarttui auton avaimiin.

"Sinä et aja, kulta", Samantha sanoi ja laski avaimet takaisin tiskipöydälle.

E-Z tuli eteiseen. "Haluatko, että tulemme mukaasi?"

"Ei tarvitse", Samantha sanoi. "Lia nukkuu yhä syvään."

"Herätän hänet, ja tapaamme teidät sairaalassa, sopiiko?"

Lia vilkaisi olkansa yli: "Olen jo soittanut taksin. Hän ei aja."

Sam hymyili: "Hän on pomo."

"Nähdään pian", E-Z sanoi. "Kuka muuten oli ovella eilen illalla?"

"Se oli Rosalie. Hän oli uupunut, joten laitoimme hänet vierashuoneeseen."

"Selvä, kiitos", E-Z sanoi.

Kun hän rullasi käytävää pitkin Lian huoneeseen ja ihmetteli, mitä Rosalie teki siellä, hän koputti oveen.

"Minä tässä, Lia", hän sanoi. "Äitisi ja Sam-setä ovat menossa sairaalaan. Vauva on tulossa!"

Ensin kuului kolahdus, sitten Lia avasi oven. Hänen yöpöydällään ollut lamppu oli lattialla sängyn vieressä. "Olen kohta valmis", hän sanoi. Hän sulki oven.

Hän siirtyi vierashuoneeseen. Hän katsoi sisään ja Sam oli oikeassa, Rosalie nukkui syvään. Hän palasi huoneeseensa, pukeutui ja yritti olla herättämättä Alfredia. Joutsenet eivät saaneet olla sairaalassa, joten sen herättäminen olisi ilkeää - se tuntisi itsensä ulkopuoliseksi. Hän kirjoitti viestin, jossa luki, että Rosalie nukkui vierashuoneessa ja että hänen oli huolehdittava hänestä, kunnes he palaisivat. Käske Rosaliea tekemään olonsa kotoisaksi, hän kirjoitti. Hän jätti viestin niin, ettei Alfred jäisi kaipaamaan sitä, kun hän heräisi.

E-Z sulki oven takanaan ja lukitsi sen, sitten hän ja Lia nousivat odottavaan taksiin ja lähtivät kohti sairaalaa.

He seurasivat opasteita ja löysivät pian vauvojen osaston. Sam oli siellä ja käveli ylös ja alas kuten odottavat isät televisiossa.

"Miten sinä jaksat?" E-Z kysyi.

"Miten äitini voi?" Lia kysyi.

"Kiitos teille molemmille, että tulitte", Sam sanoi. Hänen kätensä tärisi, kun hän yritti juoda vettä pullosta. "Samantha voi todella todella hyvin. Tarkoitan, että hän on käynyt tämän läpi ennenkin sinun kanssasi Lia, joten hän tietää, mitä odottaa ja minä olen. No, en tiedä, kestänkö sitä. Kurssi, jonka kävimme, jotta voisimme valmistautua tähän päivään, oli hyvä - mutta todellisuus on aivan erilainen. Vihaan sairaaloita."

"Kaikki vihaavat sairaaloita", E-Z sanoi. "Mutta kun he tulevat noista heiluvista ovista. Ja sanovat, että sinua tarvitaan... Silloin sinun täytyy ryhdistäytyä ja mennä sinne auttamaan vaimoasi. Muistakaa, että olette tiimi, yhdessä tässä mukana. Pystytte tähän!" Hän taputti setäänsä selkään.

"Tiedän."

Lia painoi päänsä Samin olkapäälle. "Sinä pärjäät hienosti."

Sairaanhoitaja saapui paikalle. "Vaimosi tarvitsee sinua. Se ei kestä enää kauan. Vien sinut peseytymään, ja sitten voit olla vaimosi kanssa, kun otamme hänet alas."

Sam nyökkäsi ja lähti.

Viimeinen ilme hänen kasvoillaan muistutti E-Z:tä jostakusta, joka seisoi teloitusryhmän edessä.

"Hän selviää kyllä", Lia sanoi taputtaen E-Z:n kättä.

Tunteja myöhemmin Sam palasi heidän luokseen leveä virne kasvoillaan. "Minulla on toinenkin tytär", hän sanoi, "ja poika!"

"Kaksi vauvaa?" Lia ja E-Z sanoivat yhteen ääneen.

"Kyllä, kaksi. Näimme vain yhden kuvassa."

"Miten äitini voi?"

"Hän on loistava! Uskomaton!"

"Voimmeko nähdä hänet? Ja vauvat?"

"Antakaa heille muutama minuutti aikaa, jotta he voivat valmistella asioita. Sitten voit tavata sisaruksesi Lian ja E-Z:n, ja sinä voit tavata serkkusi."

"Tiedätkö jo, minkä nimen annat heille?" E-Z kysyi.

"Tiedän, mutta kerromme sen sinulle yhdessä."

"Hyvä on", E-Z sanoi.

"Kaksi vauvaa, siinä talossa - kaikkien muiden kanssa", Lia sanoi.

"Ajattelin samaa. Meillä on jo täysi talo... mutta kyllä me pärjäämme. Me selviämme aina."

He istuivat yhdessä ja odottivat.

EPILOGI

Viikkoja myöhemmin oli tammikuun 17. päivä. Joulu oli tullut ja mennyt kaikessa tavanomaisessa loistossaan, samoin kuin uuden vuoden aloitus. E-Z oli taas vuoden vanhempi, kuusitoista vuotta täyttänyt, ja jengi oli yhdessä hänen huoneessaan. Charles Dickens liittyi heihin Facetime-yhteyden kautta.

Käytävän päässä kaksoset, Jack ja Jill, aiheuttivat meteliä. Sam ja Samantha totuttelivat vielä uusien tulokkaiden rutiineihin. Kukaan talossa ei ollut saanut paljon unta, ennen kuin he avasivat joululahjansa. E-Z, Lia ja jopa Alfred saivat ääntä estävät kuulokkeet.

E-Z oli miettinyt muita tapoja, joilla he voisivat kukistaa Furiet. Sen lisäksi, että hän oli ajatellut lähteä heidän peräänsä pelissä. Muita vaihtoehtoja ei juuri ollut.

Kun muut nukkuivat, hän oli käynyt muutaman keskustelun Charlesin kanssa verkossa. Charles ajatteli, että heidän voittamisensa heidän omassa pelissään olisi "aivan mahtavaa". '

E-Z oli hieman huolissaan siitä, mitä muita fraaseja nuo detektoristit opettivat Charlesille. Yhdessä he päättivät kertoa ryhmälle keskusteluistaan, miten peli-ideassa edettäisiin.

"Se on helppoa", Charles Dickens sanoi. "Puhuimme E-Z:n kanssa puhelimessa yhtenä päivänä ja keksimme, mikä voisi toimia. Jos heillä on jotain tietoa Kolmikosta - tarkoitan, että olette kaikkialla internetissä - he tietävät teistä. Mutta he eivät tiedä minusta.

"Ei sillä, että he pelkäisivät minua. Vaikka Edward Bulwer-Lytton kirjoitti kerran: "Kynä on miekkaa mahtavampi. Tässä tapauksessa toivon, että se olisi totta.

"Olen siis harjoitellut ystävieni etsivien kanssa. Ajattelimme, että paras peli saada heidät mukaan, on olemassa oleva peli. Ja luulemme tietävämme täydellisen pelin.

"Sen nimi on PK Crew. Pelin luokitus on 13+ tai 12+ joissakin paikoissa, ja se on ilmainen. Pelin motiivina on tappaa kaikki, myös perheesi ja ystäväsi. Sinut palkitaan jokaisesta taposta, mutta kun tapat läheisiäsi ihmisiä, saat vielä enemmän pisteitä. Lisää rahaa. Jopa mainetta pelin sisällä. Kuvasi PK TV:n televisiossa. The Peachy Keen Times -lehden etusivulla. Peli tapahtuu kuvitteellisessa kaupungissa nimeltä Peachy Keen. Se on täydellinen ansa - ja me lanseeraamme pelin itse. Minä pelaan kahdentoista vuoden ikäisenä, he tulevat peliin ja te olette jo siellä."

"Se on tarpeeksi turvallista", E-Z sanoi, "tarkoitan, että olet jo kuollut - tarkoitan edellisessä elämässäsi - joten he eivät voi tappaa sinua." "Se on tarpeeksi turvallista", E-Z sanoi.

Oveen koputettiin: "Se on auki", E-Z sanoi.

Lia hyppäsi ylös ja heitti kätensä Rosalien ympärille. "Kiva nähdä, että olet hereillä", Lia sanoi käpertyessään ystävänsä paksuun villapaitaan.

Rosaliasta oli tullut tärkeä osa heidän tiimiään. Hän sai kuitenkin olla heidän kanssaan enää vain yhden päivän. Sen jälkeen hänen oli palattava kotiin.

Kun hän pääsi huoneen toiselle puolelle istumaan, hän taputti joutsen Alfredia päähän. Niistä kaikista oli tullut nopeita ystäviä, koska hän oli saapunut ennen vauvoja.

"Minulla on teille kerrottavaa. Ensinnäkin, kiitos, että toivotitte minut tervetulleeksi. On ollut ihana nähdä teitä, ja kiitos, että saitte minut tuntemaan itseni osaksi tiimiänne."

"Ahhhhh", Lia sanoi.

"Minun pitää kertoa, että olen kirjoittanut kirjaan muista lapsista, joilla on kaltaisenne erikoisvoimat. Se on yöpöytäni laatikossa. Seuraavan kerran kun tulet käymään, annan sen sinulle, jotta voit mennä hakemaan muita auttamaan sinua voittamaan Raivostajat."

"Tarvitsemme kaiken mahdollisen avun", Lia sanoi.

"Raphael ja Eriel uskovat voivansa auttaa sinua, siksi he halusivat, että annan heille yksityiskohtia. Siksi kirjoitin sen ylös - etten unohtaisi mitään tärkeää."

"Siksikö Raphael ja Eriel vetivät sinut valkoiseen huoneeseen?" "Siksikö Raphael ja Eriel vetivät sinut valkoiseen huoneeseen?" E-Z tiedusteli.

"Kyllä ja ei. Siis kyllä. He tietävät muista lapsista. Mutta ei, he eivät suoranaisesti pyytäneet minua luovuttamaan tietoja heistä. Tiedän, että nämä lapset ovat sinulle tärkeitä, ja ilman heitä et voi voittaa The Furiesia."

"Mitä sinä tiedät The Furiesista?" Alfred kysyi.

Rosalie värähti ja risti kätensä. "Tiedän heistä muutamia asioita. Kuten sen, että he ovat kolme pelottavaa siskoa, jotka ovat palanneet tänne maan päälle tekemään pahaa."

E-Z sanoi: "Sinä et pelleile. Olen nähnyt omakohtaisesti, millaista vahinkoa he ovat tähän mennessä tehneet. Teemme parhaillaan suunnitelmaa. Mutta kerro meille, missä nämä muut lapset ovat? Luuletko, että he auttavat meitä? Siis jos keksimme keinon saada heidät tänne."

"He ovat hyviä lapsia, mutta teidän pitäisi kysyä heiltä ja heidän vanhemmiltaan lupa. Yksi on toisella puolella maailmaa Australiassa, yksi Japanissa ja yksi Yhdysvalloissa Phoenixissa, Arizonassa. Saattaa olla muitakin, mutta nämä kolme ovat ainoat, joihin olen tähän mennessä ollut yhteydessä", Rosalie sanoi.

"Toisaalta uusien lasten tuominen vaikeuttaa asioita", E-Z sanoi. "Sitä paitsi, jos epäonnistumme, ei ole ketään, joka voisi ottaa tilalle. Saattaa olla parasta, että hoidamme tämän itse, mahdollisimman vähällä altistumisella. Jos me pystymme siihen, tarkoitan, että otamme The Furiesin pois - miksi sotkea muita mukaan? Muukalaisia? Miksi riskeerata muiden lasten henki?"

"Siitä ei ole kauan, kun olimme kaikki tuntemattomia", Alfred sanoi.

"Olen yhä tuntematon - vaikka olemme sukua", Charles Dickens puntaroi. "Mutta minä en ole yksi Kolmesta. E-Z on johdossa, ja teen mielelläni sitä, mitä hän parhaaksi näkee. Etsijät sanovat, että olen aloittelija. Ja se on totta."

Rosalie katsoi poikaa Ruudussa. "Meitä ei ole esitelty kunnolla", hän sanoi. "Minä olen Rosalie ja olen melko varma, että olen enemmän aloittelija kuin sinä."

Charles nauroi. "Minä olen Charles Dickens."

"Onko sinulla mitään sukua, tiedäthän, sille Charles Dickensille?" Rosalie kysyi.

"Öh, kyllä, olen hän - reinkarnoituneena."

Rosalie nauroi. "Luulin jo kuulleeni kaiken. No, hauska tavata, Charles."

Etuoveen koputettiin kovaa.

Muutamaa sekuntia myöhemmin saappaat jalassa kulkivat eteistä pitkin vastoin Samin vastalauseita.

"Rosalie", kahdesta miehestä muhkeampi sanoi suljetun oven läpi. "On aika palata kotiin. Tarvitset lääkkeesi, joten tule ulos, tai meidän on tultava hakemaan sinut."

Rosalie nousi seisomaan: "Näyttää siltä, että kerroin sinulle kaiken, mitä sinun tarvitsee tietää, ja vieläpä viime hetkellä." Hän käveli ovelle, avasi sen ja poistui hoitajien kanssa.

Hetki ambulanssin takaosassa, sitten valkoisessa huoneessa. Hyllyt ja kirjat olivat samat, mutta haju ei. Ennen ei ollut hajua, mutta nyt se oli paha. Haiseva. Ilkeä. Kuin valkaisuaine ja mädät kananmunat.

Seinän läpi astui sisään kolme naista, jotka olivat pukeutuneet päästä varpaisiin mustiin. Hiusten sijaan heillä oli käärmeitä. Ja lisää käärmeitä ryömi ylös ja alas heidän käsivarsiaan. Ne lensivät häntä kohti. Niiden lepakkomaiset siivet tekivät kontrastia huoneen puhtauteen ja valkoisuuteen. Veri vaahtosi niiden silmistä, kun ne heilauttivat ruoskiaan hänen suuntaansa.

Ja niiden haju oli sietämätön.

"Kertokaa meille, mitä haluamme tietää", raivostuneet hurjapäät huusivat yhteen ääneen.

"En tiedä, mitä te minulta kysytte", Rosalie sanoi nenäänsä pidellen.

WHIP.

Ruoskan naksahdus raapaisi vanhan naisen posken ihoa. Kun hän kosketti kasvojaan ja katsoi kättään, se oli veressä.

"Tiedäthän sinä", Allie sanoi samalla, kun hän ja hänen siskonsa heiluttivat ruoskiaan jälleen kerran vanhemman naisen läheisyydessä.

"En tiedä, mitä tarkoitat."

Kirjahylly kaatui. Ilman nopeasti liikkuvia tikkaita Rosalie olisi jäänyt sen alle.

VINKKI.

Näen unta, Rosalie ajatteli. Minun täytyy herätä. Minun on herättävä HETKELLÄ ja päästävä pois näiden kamalien haisevien olentojen luota.

Toinen kirjahylly kaatui.

Sitten toinen. Ja vielä yksi.

Pian myös tikkaat osuivat lattiaan ja pomppivat. Kerran, kahdesti, kolmesti. Sitten se hajosi palasiksi.

"Voi ei!" Rosalie huusi.

"Sinä kerrot meille rakkautta", Tisi vaati nostaessaan vanhemman naisen ylös maasta, kun hänen käärmeelliset käsivartensa kietoutuivat tämän ympärille.

Rosalien jalat roikkuivat epävarmasti. Samalla kun käärmeet kiristivät otettaan hänen ylävartalonsa ympärillä.

"Varo, sisko, hän saa vielä sydänkohtauksen", Meg kiljui siirtyen lähemmäs Rosalieta. "Anna meille, mitä haluamme, rakas."

"En kerro teille, en mitään. Ei väliä, mitä teette minulle", Rosalie sanoi.

Hän oli niin rohkea. Sillä hän tiesi, ettei ollut yksin. Lia oli siellä, kuuntelemassa.

"Tämä on täyttä ajanhukkaa", Allie sanoi, kun hän lähetti ruoskan ilmaan ja iski alas kokonaisen kirjahyllyseinän. Muutamat siivekkäät kirjat ponnistivat ulos hyllyjen alta. Yksi yritti lentää ainoalla jäljellä olevalla siivellään.

Tisi kääntyi kohti kaukaisinta seinää ja sytytti kirjat palamaan. Ne putosivat kuin dominopalikat Rosalie-paran päälle, joka oli hautautunut palavien kirjojen alle.

Furiat nauroivat kovaa ja ylpeästi.

Rosalie huusi mielessään Lian nimeä. Missä sinä olet Lia, hän kysyi. Missä sinä olet, pikkuinen?

Takaisin kotona E-Z avasi kannettavan tietokoneensa. "Okei, olemme ehtineet nukkua. Olemmeko kaikki samaa mieltä siitä, että meillä ei ole muuta vaihtoehtoa kuin taistella Furioita vastaan?"

Lia ja Alfred nyökkäsivät.

"Ja meidän on haettava nämä muut lapset ja tuotava heidät tänne. Meitä on kolme ja heitä kolme. Lia, sinä menet Phoenixiin - Little Dorrit voi viedä sinut tai voit lentää lentokoneella."

"Mieluummin Pikku Dorrit."

"Okei, ensimmäinen lapsi on lajiteltu. Vaikka emme tiedä hänen nimeään tai sitä, missä hän tarkalleen ottaen on Phoenixissa, Arizonassa. Ja sinun täytyy selvittää asia hänen vanhempiensa kanssa. Se ei tule olemaan helppoa, sillä sinun on kerrottava heille, millaiseen vaaraan heidän lapsensa joutuu."

"Niin, minun on saatava lisätietoja Rosalielta."

"Alfred, voit mennä Japaniin. Ehdotan, että lennät - meidän on selvitettävä logistiikka. Sinun täytyy lentää takaisin lapsen kanssa, joka olettaa, että hänen vanhempansa antavat sinulle luvan. Tarvitsemme taas Rosalielta tarkat tiedot siitä, missä poika on. Ja siellä on kielimuuri, ellet osaa japania?"

Alfred pudisti päätään.

"Hankin tulkin."

"Hankimme sinulle puhelimen, johon voit laittaa sovelluksen, joka tekee kääntämisen puolestasi. Siihen tulee opettelua", E-Z sanoi. "Varsinkin kun sinulla ei ole sormia."

"Kuulostaa hyvältä", Alfred sanoi. "Minun on aloitettava työskentely puhelimen kanssa pronto. Ei pitäisi kestää kauan tajuta sitä. Sillä välin Rosalie voi kertoa lapselle, että olen joutsen - jotta he eivät kaadu ja pyörtyile nähdessään minut ensi kertaa."

"Se on hyvä ajatus", Lia sanoi. "Mutta miten aiot kirjoittaa?"

"Voin käyttää nokkaani."

"Tai ääniohjelmaa", E-Z sanoi.

"Siistiä", Lia ja Alfred sanoivat yhteen ääneen.

"Ja minä lennän Australiaan. Menen koneella takaisin pojan kanssa, mutta se on nopeampaa, jos menen suoraan sinne. Ai niin, ja vielä yksi asia, meidän pitää keksiä itsellemme ansaluukku. Jotain, jolla pääsemme ulos - siltä varalta, että yksi tai useampi meistä jää kiinni, kuolee tai loukkaantuu. Meidän on varauduttava kaikkeen. Jos kuolemme ennen kuin saamme tämän jutun valmiiksi, ei ole ketään jäljellä, joka poimisi palaset."

"Arkkienkelit", Lia änkytti ja pysähtyi sitten. Hän vapisi, sitten hän ei saanut henkeä. Hän kietoi kätensä ympärilleen.

"Oletko kunnossa?" E-Z kysyi.

"Shhh", Lia sanoi. Huoneessa ei kuulunut ääniä eikä hänen mielessään, vallitsi ehdoton ja täydellinen hiljaisuus. Hänen sykkeensä palautui normaaliksi, samoin hänen hengityksensä.

"Väärä hälytys", hän sanoi. "Luulin, että jokin oli pielessä, aivan kuin olisin saanut SOS-hälytyksen, mutta nyt kaikki näyttää olevan kunnossa."

"Tapahtuuko sitä usein?" Alfred tiedusteli.

"Ei", Lia sanoi.

"Okei, aloitetaan ideointi", E-Z sanoi. Ja he viettivät loppupäivän tekemällä listaa, nollaten, mikä voisi mennä pieleen ja mikä voisi mennä oikein.

He menivät huoneisiinsa ja nukkuivat.

Se oli rauhallinen yö kaikille muille paitsi Rosalielle.

Rosalie, jonka ääntä ei kuulunut.

Jonka ääneen ei vastattu.

Apua ei tullut.

Valkoinen huone oli tuhoutunut.

Kukaan ei tullut pelastamaan Rosalieta.

Pahoilta raivoilta.

Kiitokset

Kiitos, että luitte kolmannen kirjan E-Z Dickens -sarjassa... Olen pahoillani surullisesta lopusta, mutta joskus näitä asioita tapahtuu.

Viimeinen kirja on pian saatavilla!

Kiitos vielä kerran kaikille, jotka auttoivat minua tekemään tästä sarjasta kaiken mahdollisen, kuten betalukijani, oikolukijani ja toimittajani. Kunnianosoitukset!

Ystävilleni ja perheelleni, kiitos kannustuksesta ja tuesta.

Ja kuten aina, hyvää lukemista!

Cathy

Kirjoittajasta

Cathy McGough asuu ja kirjoittaa
Kanadan Ontariossa miehensä, poikansa, kahden
kissansa ja yhden koiransa kanssa.
Jos haluat lähettää Cathylle sähköpostia, hänen
osoitteensa on seuraava
cathy@cathymcgough.com.
Cathy kuulee mielellään
lukijoistaan.

Myös By:

YA

E-Z DICKENS SUPERSANKARI KIRJA NELJÄ: JÄÄLLÄ

www.ingramcontent.com/pod-product-compliance
Lightning Source LLC
Chambersburg PA
CBHW060408310726

48976CB00003B/983